爱因斯坦的梦

〔美〕艾伦·莱特曼——著
童元方——译

Einstein's Dreams

Alan Lightman

人民文学出版社
PEOPLE'S LITERATURE PUBLISHING HOUSE

著作权合同登记号：图字 01-2020-6574

图书在版编目（CIP）数据

爱因斯坦的梦 / (美) 艾伦・莱特曼著 ; 童元方译
. — 北京 : 人民文学出版社, 2018（2023.3重印）
ISBN 978-7-02-014522-5

Ⅰ. ①爱… Ⅱ. ①艾… ②童… Ⅲ. ①短篇小说 – 小说集 – 美国 – 现代 Ⅳ. ①I712.45

中国版本图书馆CIP数据核字(2018)第189651号

出 品 人　黄育海
责任编辑　卜艳冰　李　殷
装帧设计　汪佳诗

出版发行　人民文学出版社
社　　址　北京市朝内大街166号
邮政编码　100705

印　　制　上海盛通时代印刷有限公司
经　　销　全国新华书店等

字　　数　50千字
开　　本　880毫米×1230毫米　1/32
印　　张　7.25
版　　次　2018年11月北京第1版
印　　次　2023年3月第3次印刷

书　　号　978-7-02-014522-5
定　　价　59.00元

如有印装质量问题，请与本社图书销售中心调换。电话：010-65233595

目　　录

序

时间的究竟

陈之藩

《爱因斯坦的梦》是一部小说，是麻省理工学院物理学教授莱特曼所写，小说内容所定的时间是一九〇五年，所在的地点是瑞士的伯尔尼。小说中出现的人物是爱因斯坦自己与他的好友贝索。而只有谈及，并未出场的，还有爱因斯坦与贝索的家人。小说表现的方式是爱因斯坦做了几十个梦。

就真实世界所发生的情形而言，一九〇五年是爱因斯坦一生中最辉煌的一年，也可以说是人类的整个文明史中极灿烂的一年。一九〇五年爱因斯坦在物理学中三个极不相同的重要领域——电磁学、量子论和统计物理——中，写了三篇惊天动地的论文；而一九〇五年那一年爱因斯坦只是瑞士专利局一名二十六岁的三级技师。他是经过了什么样的教师的训诲？受过什么样的朋友的熏陶？全世界的人从那时至今九十年来一直处在迷惑不解与惊疑难信之中。科学史家在史料摩挲中，发掘得越多，神秘的影子也就扩展得越大：他在十六岁时就对以太之于电动力学产生了自己的想法；二十二岁时对普朗克的量子观念感到兴趣；二十一岁时对波尔兹曼的分子理论有所悟与有所用。使人不得不断言爱因斯坦是不世出的奇才——二十岁左右就能集中了焦点，面对了真正的物理问题，孑然而独立的，如入无人之境的，扬鞭放马，飞奔直上知识的高原。

从一九〇五年到现在，不知出版了多少学报与专著来研讨爱因斯坦的思想领域，来追究爱因斯坦的思维方法，诠释爱因斯坦的精微理论，考证爱因斯坦的起伏身世，解析爱因斯坦的语言指涉，由各个角度到各种深度的在搜寻，以各种方法各种工具来探索。专家是席不暇暖，世人是目不暇给，但是我们仍不敢说我们已经走出了盲人摸象的阶段。

在这些有关爱因斯坦的专书专著中，我们随便举几个例子，看一下在极峰上的学者们是如何对爱因斯坦的相对论思想作出描述的。比如鲍立所写的相对论的书，几乎全是数学式。可以不必再看公式之间的夹叙文字而直接由方程式念出意义来。可是再翻罗素的《相对论ABC》，里面只两三个数学式子。不是好多爱因斯坦的传记中说他十三岁时就看康德的哲学而伏在书上睡着了吗？罗素就在这本入门书中解说康德对时间空间的主观性并不同于爱因斯坦所示的对时间空间的观察者。又比如杨振宁在一九八〇年专注于爱因斯坦对理论物理结构的见地，与其对二十世纪下半叶所产生的影响，通篇是用几何的语言；而杨振宁于一九八七年在《自然》学报上的文章，则是游入史料的迷宫而乐于重建爱因斯坦的当年生活风貌了。

我只是举出这么三位大科学家或大哲学家的有关爱因斯坦的著作。但当我读完了莱特曼教授以小说的方式，写爱因斯坦的思想，起始是惊骇于书名的新奇；念完了这几十个梦却陷入了深思。这是一次极其危险的走钢索，我实在为他这种尝试捏着一把冷汗，直到看完了这本书，才慢慢缓过气来。

我对这本书的感想，也许用一个比喻来说明。其他的著作之说爱因斯坦，如果比为是用各式各类由粗制到精巧的圆规在图纸上细心地画一清晰的圆满的月亮，那么莱特曼此编之作，不是用圆规，而是用毛笔在一团一团地涂云。用云的迷离来状梦的迷离；用云的变幻以象梦的变幻。他用几十个梦渲染出几十团云，而他的笔所不到之处，正显出他要画的月来。

这是无所定，却有所显的方法，这是诗的方法，这是艺术的方法。

由麻省理工学院的物理教授莱特曼的这本小说，很易使人想起牛津大学数学导师道奇荪的名著《爱丽丝漫游奇境》；再推而上之想起斯威夫特的《格列佛游记》。爱丽丝是以吃了糕点而缩小或增大自己的尺寸，奇遇因此而发生；格列佛却是以海上遨游，借缩小或放大对方的尺寸，剧情由是而开展。莱特曼虽然也是用缩小了或放大了尺寸的方法，也是用梦的幻觉，但他选的题目却难得太多了。因为爱因斯坦的相对思想适用显著的地方是极小的世界，原子核子以内；或是极大的世界，太空星云之中。对于人间的常用尺寸，爱因斯坦的理论之效应并不明显。那么拿人间的尺度来说明那两种极小及极大的世界，不是太难了吗？唯其难能，所以可贵。

莱特曼不是以艺术涂抹童话，也不是以艺术讽刺成人。他是以艺术来说科学，来说科学中最捉摸难定，最具关键地位的概念——时间。

莱特曼为爱因斯坦所作的几十个梦中：有时是用雕刻的艺术，把时间凝成永恒的石像。有时用图画的艺术，把时间绘为缤纷的落英。有时用音乐的艺术，把时间谱为一曲悠扬的歌，唱来哀乐却不由自主。有时用灯罩上的虫蚁来写轮回的时间，爬了半天，回到原位；有时用河流中的聚叶，来写淤塞的时间，漩于角落，再出不来。时间如丛立的镜面，影像复制成千，重映成万，时间如枝头的小鸟，人们想捉而捉不到；但捉到时鸟却立时死亡。

……

这几十个梦中，却没有一个是“子在川上曰：逝者如斯夫，不舍昼夜”。因为那是孔子在人间对时间的看法，可以说是牛顿的时间。对爱因斯坦来说全然不足以形容。

莱特曼以雕刀刻出的、画笔绘出的、琴弓拉出的优美诗句写就这部天外行云风格迥异的小说，我们实在可以当作长诗来读。

这部长诗，自出版以来好评如潮，自是意料之中；各国试图译为各种文字，也必是题中应有之义。不过，诗之翻译，不比寻常，世间又有几部像《鲁拜集》之英译所达之成就。

有关中文译事，作者莱特曼自己推荐了元方给纯文学社。原著与译作皆诗心与诗笔，可以说美俱而难并。

元方是哈佛大学研究古诗的学者。她一直在念诗，作诗，研究诗，转去艺术史，又转回中国古诗来。她推开案头的博士论文，而把莱特曼这本小书译成中文。真如作者莱特曼写给林海音的话："我很幸运，能有这样懂诗的译者来译我的书。"

元方译笔的洒脱，造句的清丽，节奏的明快，对仗的自然，使人一旦开卷，就无法释手。可是她对原文之忠实，已不止于语气、句型、明义、暗喻等之若合符节；甚至于一逗点、一句点、一叹号、一问号，与原文相比，更是到了如响斯应的程度。

我还记得在去年所感的惊奇，当我看到莱特曼的"千仞洒来寒碎玉"的创作；在今年更觉高兴，当我这样快地读到元方的"秋水文章不染尘"的译文。

一九九四年夏于波士顿

序曲

在长廊尽处的拱门附近是一座钟楼。钟声六响，然后停了。年轻人蜷伏在他的桌前。又是一次夜里的骚乱之后，于拂晓时他来到了办公室。他的头发没有梳理，裤子是又大又肥；而手里呢，抓着二十页揉皱了的稿纸，是他今天预备要寄给德国《物理学学报》的有关时间的新理论。

细碎的市声隐隐地飘进屋里来：是牛奶瓶放到石板上的铿铿声，是马可巷里一家店铺撑起遮阳篷时的戛戛声，是运菜车缓缓过街时辗轧作响，是一男一女在附近的公寓里小声说话。

弥漫了一屋子的是幽黯的光。所有的办公桌看起来影影绰绰，柔软得好像熟睡中的兽。除了年轻人的桌子上堆满了半开半合的书籍显得杂杂乱乱以外，其余的十二张橡木桌，清一色摆满了前一日留下来、尚待处理的案卷，摆得整整齐齐；两个小时以后，当这些职员来上班时，他们准知道从何处衔接或从何处开始。可是此刻在模糊的光影中，桌上的案卷并不比墙角的挂钟，或门内秘书的凳子看得更清楚。此刻所能看得见的，唯有办公桌大致的轮廓与年轻人拱起的背影。

墙上那看不清时间的钟指出了六点过十分。一分钟一分钟地，逐渐有新的东西显出了形状。这边，一个铜的字纸篓浮现了；那边，是墙上的月历突了出来。这里，一张全家福照片、一盒回形针、一个墨水瓶与一支笔；那里，一架打字机和挂在椅背上的一件外套。一排一排的书架似乎无所不在，而一团一团的夜雾却是留连不去。在时间里，无所不在的书架渐渐从墙上留连不去的夜雾中显现出来。书架上立着的是一册又一册的专利记录：一个专利讲的是新的钻凿齿轮装置，它的锯齿弯曲成某种形状，可以将摩擦减至最低。另一个专利是阐述一种变压器，当电力供应改变时，它的电压可以维持不变。又有一个专利描写一种打字机，机上打间隔时所用的横杆，因为速度很低，可以消去噪音。这个屋子充满了实际又实用的观念。

屋子外面呢，阿尔卑斯山的峰顶在太阳下闪亮起来了。这是六月杪。婀娜河上的船夫解开了他的小艇，用力划出去，任水流冲着他，沿婀娜街到格保巷；就在这巷子里，他要运送夏天的苹果和各样莓子。面包房的师傅来到他在马可巷的店里，给他的炭炉子生起了火，将酵母粉搀和到面粉里去。两个情人在纽德格桥上拥抱着，渴慕的眸子凝望着桥下的流水。一个人站在临水大街他家的阳台上，注视着淡红色的天空，思索什么，还是研究什么。一个睡不着觉的女人，沿着克拉姆巷慢慢踱着步，她定睛注视着长廊上每一个黑黝黝的拱门，在半明半昧中读那些贴在墙上的海报。

在斯比达巷上窄长的办公室里，一屋子都是实际又实用的观念。年轻的专利局职员仍然蜷伏在椅子里，头垂到桌上。四月中以来，他不断地做着有关时间的梦。他的梦控制了他的研究。他的梦使他神劳心苦、精疲力竭以至于不能分辨他自己究竟是在醒、还是在睡。而今，梦终于做完了。在夜夜所能想象的、有关时间的许多可能的性质当中，有一个似乎特别使他震撼。这并不是说其他的性质不可能存在，而是说其他的性质可能存在于其他的世界之中。

年轻人在椅子里动来动去，等待着打字员来上班。随即轻轻地哼起了贝多芬的《月光奏鸣曲》。

一九〇五年四月十四日

假定时间是曲向自己的一个圆，而世界重复它自己，完全准确的，且是永不止息的。

假定时间是曲向自己的一个圆，而世界重复它自己，完全准确的，且是永不止息的。

多半时候，人们不知道他们这一辈子的日子会一过再过。做买卖的不知道他们会一再谈同样的价钱；政客们也不知道他们会在不停运转的时间当中，无数次地由同样的讲台向下叫嚣。父母钟爱子女的第一次笑声与第一次笑容，好像他们从此以后再也听不到、再也看不见了似的。情人做爱，初次害羞地宽衣，因见柔韧的大腿与娇嫩的乳头而惊讶不已，而惜其将逝。他们何尝知道每一偷窥、每一触摸，都将重复再重复地上演，与从前完全一样？

马可巷里，也是如此。店铺的老板怎么会知道每一件手织的毛衣、每一条绣花的手绢、每一颗巧克力糖、每一个复杂的罗盘和手表都会回到柜台上去？黄昏时分，店铺的老板回家去与家人相聚，或者，到小酒店里去喝啤酒。他们快乐地呼朋唤伴，走下穹窿盖顶的巷弄，他们珍惜每一刻时光，好像抚爱铺子里暂时寄售的翡翠玛瑙一般。他们怎么会知道没有一件事是过后不返的，没有一件事是不会再发生的？一只沿着水晶吊灯的边缘爬行的蚂蚁，不知道它终会爬回它的起点，而这些人并不比这只蚂蚁知道得更多。

格保巷中的医院里，一个女人正跟她的丈夫说再见。他躺在床上，茫然地看着她。两个月来，他的癌已从他的喉头蔓延到他的肝、他的胰、他的脑。他的两个小孩挤坐在屋角的一把椅子上，吓得不敢看他们的父亲：深陷的双颊、如老年人一样萎缩了的皮肤。妻子来到床前，轻轻地吻了她丈夫的额头，微声说了再见后，便与孩子迅速地离开了病房。她确知这是最后的一吻。她怎么会知道时间又开始，她会重生，她会再在中学里念书，在苏黎世的画廊展画，再在福瑞堡的小图书馆里遇见她的丈夫，再在七月的一个热天，与他一起驾帆游顿湖，会再生产，而她的丈夫会再在药房里工作八年，再在一天晚上回家时，发现喉头长了硬块，会再呕吐、变弱，最后来到这家医院，这间病房，这张床，这一刻。她怎么会知道呢？

在时间即圆的世界里，每一次握手、每一个吻、每一次生产、每一个字，都将一丝不移地重演又重演。所以，两个好朋友不再是朋友的那一刹那，因为钱而使家庭破碎了的那一片刻，夫妻之间争吵时每一句恶毒的批评，每一个因上司嫉妒而失掉了的机会，每一个不能信守的诺言，也都将一毫不改地重现再重现。

正如一切都会在未来重现，现在正发生的一切，以前也已发生过上百万次了。每一个城里总有些人，在梦中模糊地知道一切都曾经在过去发生过。这些人的生活都不幸福，而他们感觉到所有不正确的判断、所有错误的行事、所有不佳的运气都曾在前一次的时间之环中发生过。在夜的死寂当中，这些受咒诅的人与他们的床单角力，无法得到休息；他们发现自己连一个简单的行为、简单的手势都不能改变。这一认识使他们痛苦，使他们更与自己搏斗不已。所有前生的错误都将在此生原样照犯。也就是这些双重不幸、三重不幸，以至重重不幸的人透露出“时间即圆”的唯一消息。因为在每一个城里，夜色深沉中，所有的空街空巷与所有空的阳台都飘荡着他们的呻吟。

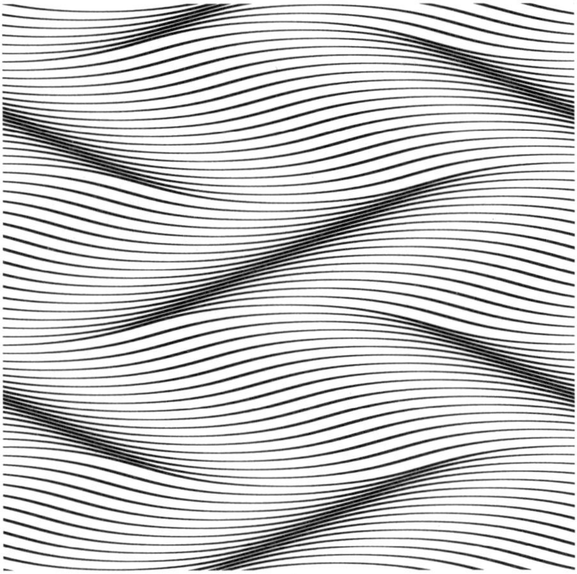

一九〇五年四月十六日

在这个世界里，时间如水流，偶尔会被一截残丝断片所推移，或被一缕飘过的微风所带动。

在这个世界里，时间如水流，偶尔会被一截残丝断片所推移，或被一缕飘过的微风所带动。宇宙间的扰攘，不时地引起时间的小河离开主流，而使其间种种因缘际会回溯。这种事情发生的时候，正好卡在支流中的土壤、鸟儿、人物会发现他们自己就在突然之间被带回到过去。

带回到从前的人是很容易辨认的：他们穿深色而无特征的衣服，他们踮着脚尖走路，不发出一丝声响，不踩弯一片草叶。因为他们惶恐，甚至畏惧，就怕改变了过去的任何因，将会为未来结出不可测的果来。

比如现在，这样的一个人就蹲在克拉姆巷十九号拱门的阴影里。对一个来自未来的旅人而言，这是一个奇怪的地方，但是，她就蹲在那里。路人经过她身边，盯着看一会儿，又接着走过去了。她蜷曲在墙角，然后很快地匍匐过街，又畏缩在另一个黑暗的角落，这一次是二十二号。她惊吓得就怕踢起一丝尘土，因为这时一个叫彼得 · 克劳森的人，在今天——一九〇五年四月十六日的下午，正在前往斯比达巷的药房的路上。克劳森可以说是个纨绔子弟，他最恨衣服给弄污了。如果灰尘搞脏了他的衣服，他就会立时停下来，不厌其烦地拂拭，顾不得有何约会在等着他。如果克劳森耽延得太久，他就可能来不及给太太买药膏了，而她嚷嚷腿疼，已经嚷嚷了好几个礼拜。那样的话，克劳森的太太可能因为心情不好，而决定不去日内瓦湖了。如果她一九〇五年六月二十三日没去日内瓦湖，她就不会在湖东岸的防波堤上散步的时候，遇见一个叫凯瑟琳·迪艾比奈的女子，更不会把迪艾比奈小姐介绍给她的儿子理查了。反过来说，理查和凯瑟琳就不会在一九〇八年十二月十七日那一天结婚，也不会在一九一二年七月八日生下了腓特烈。腓特烈·克劳森不会在一九三八年八月二十二日成为汉斯·克劳森的父亲；而没有汉斯·克劳森，一九七九年的欧洲联盟就根本不可能产生。

来自未来的女人，竟然事前毫无征兆地冲进此时此地。她现在在克拉姆巷二十二号黑暗的一角，希望自己是个隐形人。她知道克劳森的故事，以及成千上万其他人的故事，正在等着慢慢开展，端看孩子的出生、街上人们的行止、某些时候小鸟的歌唱、桌椅的确实位置、风的动静如何。她蹲在阴影里，不回看任何人一眼。她就蹲在那里，等着时间之流把她带回到自己的时间里去。

如果来自未来的旅人一定要开口，他不说话，只是喃喃低语。他喃喃发出受折磨的声音。他非常痛苦。因为，他若在任何事上作任何改变，即使是最微小的改变，都可能毁灭未来；同时，他不能避免眼见事情发生却莫能助；他无法参与其间，也不能改变现状。他羡慕生活在自己时间里的人：他们无视于未来，无知于后果，所以可以单凭己意行事。可是，他却不能起而行。他是惰性气体、一个幽灵、一张没有魂魄的平面。他失去了人之所以为人的部分，被时间放逐了。

这些来自未来的悲惨的人，在每一村、每一镇都可以看到。他们躲在楼檐下、地窖里、桥根儿底、荒野中。没有人问他们未来的事：婚姻、生产、财务、发明、将赚的利润。相反地，人人同情他们，而由着他们自生自灭。

一九〇五年四月十九日

在这个世界里，时间有三维，与空间一样是立体的。

这是十一月的清晨，初雪刚落过，天气很冷。一个人，穿着长的皮大衣，站在克拉姆巷他家的四楼阳台上，俯瞰查林杰喷泉和阳台底下白色的街道。往东，他可以看见圣文森特大教堂细致的塔尖；往西，他可以看见“时钟大楼”流线的屋顶。但是，这人既不望东，也不看西。他在凝视雪地上留下的一点红痕——一顶帽子，并且他在沉思：他应不应该去那个女人在福瑞堡的家？他的双手紧抓着阳台上的金属栏杆，放松，又抓紧。他该不该去看她？究竟该不该去？

他决定不再去看她了。她既霸道成性，又苛评成习，可能会让他的日子过得很悲惨。何况，她也许对他根本没有兴趣，所以他决定不再去看她了。相反地，他转而和同性的朋友作伴。白天，他在药房工作得非常辛苦，几乎注意不到那位女副理的存在。晚上，他与朋友去克和巷的小酒馆喝啤酒，也学做一种干酪面包。这样过了三年，他在纳沙泰尔的服装店中遇见了另外一个女人。她很和气。她跟他做爱，慢慢地、慢慢地；如此有几个月的时间。一年以后，她来到伯尔尼与他同住。他们在一起日子过得很安静；他们沿着婀娜河散步、作伴、老去、心满意足。

在第二个世界里，穿着长的皮大衣的那个人决定了他要再去看福瑞堡的那个女人。他几乎不认识她，她可能很霸道，她的动作暗示了她性情之反复无常；但是，当她微笑的时候、她的脸就柔和了起来的样子，那样爽朗的笑声，那样聪明的用字——在在使他难忘。是的，他一定得再见到她。他去了她福瑞堡的家，和她一起坐在沙发上。才几分钟，他便感到自己的心跳加速，怦然如捣；再一看到她双臂的白皙，就更加不能自持。他们做爱，声高气喘，情热如火。她说服他搬到福瑞堡来。他辞去了伯尔尼的工作，而到福瑞堡的邮局上班。他为了她而燃烧自己的爱情。每一天，他中午回家。他们吃饭、做爱、吵架，她抱怨需要更多的钱用，他恳求她原谅，她向他掷锅、丢碗、摔瓢、砸盆，接着又做爱，然后他回邮局。她威胁着要离开他，但是并没有离开。他为她而活，即使是伤心，也依然是快乐。

在第三个世界里，他还是决定要再见到她。他几乎不认识她，她可能很霸道，她的动作暗示了她性情之反复无常；但是她那样的笑靥、那样的笑声、那样聪明的用字。是的，他一定得再见到她。他去了她福瑞堡的家，在门边见着了她，在她厨房的小桌上与她一块儿喝茶。他们谈她在图书馆的工作，也谈他在药房的。一个钟头以后，她说她得出门去帮一个朋友的忙，她跟他说再见，他们握手。他奔波三十公里回伯尔尼，在回程的火车上，他觉得空虚。他回到了克拉姆巷四楼的公寓，站在阳台上，凝视着留在雪地上的一点红痕——一顶帽子。

这三桩自相连续的事件，实际上是同时发生了。因为在这个世界里，时间有三维，与空间一样是立体的。正如物体可以向三个互相垂直的方向移动：一横、一直、一高，此物即可能参与三个互相垂直的未来。每一个未来都朝着不同的时间方向移动。每一个未来都是真实的。每一做决定的刹那，不论是去福瑞堡看那女人，还是买一件新大衣，世界即一分为三：同样的人，在三个不同的世界，有其不同的命运。在时间里，有无限多的世界。

有些人主张做决定时宜轻松，他们辩称既然所有可能做的决定都将在真实生活里发生，那又何必看得太严重。在这样的世界里，一个人怎么能为他的行事负责呢？另有些人则坚持做决定时要审慎；而每一决定，都要全心投入。因为没有奉献，势必造成混乱。这样的人只要明白了所做决定的道理为何，就能安心地活在互相矛盾的世界里。

一九〇五年四月二十四日

第一种时间不弃不降，一切都是命定。第二种时间则是一路行来，因机而变。

在这个世界里，有两种时间：一是机械的，一是身体的。第一种时间硬如金属，好像一个巨大的铁钟摆，在前后晃荡、晃荡、晃荡。第二种时间则是扭动的，犹如海湾里的青鱼那样自在地游去游来。第一种时间不弃不降，一切都是命定。第二种时间则是一路行来，因机而变。

有许多人深信机械的时间是不存在的。他们行经克拉姆巷的巨钟时，根本视而不见；不论是到邮政巷去寄包裹，还是到繁花的玫瑰园徜徉其间，钟声起落，他们亦听而不闻。他们的腕子上戴着手表，但那只是当作装饰品；对那些总爱把报时器当礼物送人的人来说，或者还可算是一种礼貌。他们家里没有钟，他们只听自己的心跳。他们只跟着感觉走；只凭自己情绪和欲望的节奏。这样的人不论何时肚子饿了就要吃饭；不论何时，只要从睡梦中醒来，就要去帽店，或是去药房上班；想要做爱，就立时做爱。这样的人思及机械的时间，就要大笑。他们知道每一开始的刹那、每一略顿的空当，时间已流动过去了。当他们急着要把受伤的孩子送去医院，或者忍受邻居遭了冤屈的眼神时，他们知道时间慢得如负千斤重担，是挣扎着前行的。但当他们与朋友吃得高兴，喝得痛快，或接受赞美的掌声，或躺在秘密爱恋着的情人臂弯里的时候，他们也知道：时间如飞矢、如流星，划过了视野的长空，是太疾，太快，又太匆匆了。

又有一些人，他们觉得自己的身体不存在。他们照机械的时间过日子。他们早晨七点钟起来，正午吃中饭，六点吃晚饭。他们准时赴约，按钟办事。晚上八点到十点中间做爱。一星期工作四十小时，星期天看星期天的报纸，礼拜二晚上下棋。肚子叫的时候，他们看表，是不是该吃饭了？他们正在音乐会中凝神谛听、浑然忘我的时候，看看舞台上的钟，是不是该回家了？他们知道一个人的身体并不是不着边际的魔术，而是一堆化学物质、器官组织和神经冲动的组合。思想不过是脑中的电波，性的兴奋是某些化学物质流向神经末梢，而悲伤不过是一些酸液停在小脑中静止未动。简而言之，身体是一部机器，与电子一般，或时钟一样，是受电学定律和动力定律的支配。既然如此，我们提到身体时，一定得用物理的语言。如果身体会说话，说的一定只是各种杠杆和动力的话。身体是要人去命令的，而不是要人去服从的。

一个人在沿着婀娜河岸漫步、呼吸夜间的空气时，很容易看见两个不同的时间世界合而为一的证据。有个船夫，在黑暗中以计算小艇在水上漂流的秒数来估量自己在河中的位置。“一秒，三米；两秒，六米；三秒，九米。”他的声音，清楚而肯定的音节，划破了夜的漆黑。纽德格桥上一座灯柱下，兄弟二人一年没见了，现在站在那里，喝着酒、笑着、闹着。圣文森特大教堂的钟声响了十下。几秒钟之内，临水大街两旁公寓的灯光，眨了眨，熄了——一个完美的机械反应，与欧基里德平面几何的推论完全一样。躺在河岸上的一对情侣，懒洋洋地仰望着天空，他们被远处教堂的钟声，从不知时间为何物的沉睡中唤醒，惊讶地发现：夜幕已低垂。

两种时间狭路相逢时，是绝境；而两种时间分道扬镳时，是满足。因为，如奇迹一般地，一个律师、一个护士，还是一个面包房的师傅，都能在任何一种时间内，成就一个世界，但却不能同时在两种时间内。任一种时间都是真实的，可是显现出来的真实却不相同。

一九〇五年四月二十六日

在过去，曾有一天，科学家发现：离地心愈远，时间流动得愈慢。

在这个世界里，显而易见的，有些事情透着奇怪。没有房子盖在平地上或溪谷里；每个人都住在山上。

在过去，曾有一天，科学家发现：离地心愈远，时间流动得愈慢。虽说是微乎其微的差别，却可以用最精密的仪器测度出来。一旦了解了这个现象，就有些热衷于青春永驻的人，搬到山上去了。现在，所有的房子都盖在阿尔卑斯山中的窦姆峰、马特宏峰、罗撒峰和其他的高地上。其他地方的住屋是不可能卖得出去了。

只有把家建在山上，许多人还是不甚满意。为了达到最大的效果，他们干脆把房子盖在高杆上，成了高脚屋。全世界的山顶因而筑满了这样的房子——人类的窝；从远处看，好像一群肥鸟蹲踞在细长的木腿上。极欲长生不死的就把他们的房子，盖在最高的高杆上。事实上，有些坐落在细长木腿上的房子，伸入天空竟达半英里之高。高度即地位。如果有一个人从他的厨房窗户望出去的时候，一定得仰望才看得到他的邻居的话，他就相信：这邻居不会像他这么快就膝盖僵硬，他的邻居会比较晚才掉头发，比较晚才生皱纹，自然不会像他这么早就失去了恋爱的勇气。同样的，一个人如果俯视就看到另一所房子的话，他自然瞧不起在那所房子里住的人，觉得他们都是筋疲力尽、衰残老朽而又眼光短浅的。有些人吹牛，说他们一生都高高在上；他们生在最高的山上、山中最高的峰、峰上最高的房子里，从未下来过。他们在明镜里欢庆自己的永驻青春，在阳台上欣赏自我的赤身裸体。

可是，总有些紧急的事情不时地逼着人下山。非下山不可时，他们是行色匆匆的：他们急急忙忙地从高梯下到地面，再跑向另一个梯子，或下到更低的谷地，完成他们的业务，然后尽快地跑回家去，或跑到其他的高地上。他们知道每往下一步，时间就过得快一些，而他们也就老得快一点。地面上的人是从来不坐下来或稍作停留的，他们夹着公事包，或者抱着买好的菜，不是飞奔而来，就是急跑而去。

每一个都市都有一小群居民，不再在乎他们自己是否比他们的邻居早几秒钟老这个问题。这一群性好冒险的人，有时下到低地来住上几天，在生长于溪谷中的丛树下任意地逍遥，在舒展于温暖处的湖水里悠闲地游泳，在宽广的平地上开心地打滚。他们几乎不看表，也无法告诉你今夕何夕：是礼拜一，还是礼拜四。别人在仓卒间跑过他们身旁、投之以冷眼时，他们却报之以微笑。

时间过去，人们忘记了为什么愈高愈好的基本道理。但无论怎么说，他们仍继续住在山上，尽可能地逃离下陷的地区，而且教导他们的儿女躲避从低地上来的孩子。他们习惯于忍耐山上的寒意，享受山上的不适，而将其视为教养的一部分。他们甚至自己骗自己：稀薄的空气对他们的身体有好处。按照那个稀薄的逻辑，他们吃稀薄的食物，除了游丝般的食品，一概都拒绝吃。最后，这个世界里的人，变得像空气一样的稀薄，像柴木一样的枯瘦，在还不该老的时候却都老了。

一九〇五年四月二十八日

在这个世界里，时间以精美的规律，在每一空间的角落，用完全相同的速度，不疾不徐地从容向前。

一个人不可能在大街上走着路、与朋友谈着话、迈进一幢大楼，还是在古旧长廊的砂岩拱门底下随意流观，举目所及而不碰见一两个计时的仪器的。无论在什么地方都会看到时间。门楼、腕表、教堂的钟声，把年分成月、月分成日、日分成时、时分成秒；而每增加一时间刻度，则前后相连，接续不已。钟表之外，还有一巨大的时间之架，横跨过宇宙，制定了众生平等的时间律。在这个世界里，一秒就是一秒，就是一秒。时间以精美的规律，在每一空间的角落，用完全相同的速度，不疾不徐地从容向前。时间是一个无限的统治者。时间是绝对的。

每天下午，伯尔尼的市民聚集在克拉姆巷的西端。三点差四分，即是时钟大楼向时间致敬的时刻。在高高的彩楼上，小丑跳舞，小公鸡鸣唱，而小狗熊呢，则是又吹笛、又打鼓。他们机械的动作和声音，是完全依照各式齿轮的转动而同时合成的；当然也是时间的完美性质予人灵感、有以致之的。三点整，巨钟响三次，聚集的人群跟着钟声对表，然后回到斯派克巷中的办公室，回到马可巷上的店铺，回到婀娜河桥外的农场里去。

那些有宗教信仰的，视时间为世间有神的证据。因为如果没有造物主，固然无一物可以是受造而配称完美，而世间也无一物可以是宇宙性的而居然不是神圣的。所有的绝对是“唯一绝对”的部分。绝对所在之处，时间皆在。所以伦理哲学家把时间放在他们信仰的中心。时间是所有行为判断的参考。时间会澄清且辨明过往的是非与对错。

市政府巷的亚麻制品店里，一个女人和她的朋友在说话。她刚刚失了业。二十年来她在国会当小职员，为辩论作记录，养她的家。现在，她有一个还在上学的女儿，和一个每天早晨在马桶上坐两个钟头的丈夫要养。而她，竟给解雇了。她的上司，一位脸上敷满油脂的丑妇，有天早上进来向她说：“把桌子收拾干净，明天就不要来了。”铺子里的她的朋友静静地听着，静静地用手把她刚买的桌布折叠整齐，又用手去拣刚失业的那个女人身上毛衣的线头。两个朋友说好了第二天早上十点钟一块儿喝茶。十点钟。离现在还有十七个小时五十三分钟。刚失了业的女人几天来第一次笑了。在她的脑海里，她想象厨房壁上的时钟，从现在到明晨十点钟，一秒一秒地滴答作响：不受干扰，不需商议。而在她朋友的家中，也有一座相似的时钟，响着相类的声音，显示相同的时间。明天早上差二十分钟十点的时候，这个女人会系上围巾，戴上手套，穿上大衣，走下临水大街，走过纽德格桥，走进邮政巷的茶馆。而城的另一端，差十五分钟十点的时候，她的朋友会离开军械库巷的家，穿越长街短巷，来到同样的地方。十点整她们会相见。她们会在十点钟相见。

以时间为绝对的世界，是一个充满慰藉的世界。因为人的动态不可测，而时间的动态可测；人可疑，而时间不可疑。人有时陷入沉思，时间却跳跃前去，绝无反顾。在咖啡馆中、政府大楼里、日内瓦湖的船上，人们看着腕上的表，躲到时间里去。每一个人都知道她刚出生的一刻、她始学步的一刻、她初发情的一刻、她向父母说再见的一刻，总有什么人记载在什么地方。

一九〇五年五月三日

想想看一个因果不定的世界将如何。有时前者在后者之前，有时后者却在前者之前。

想想看一个因果不定的世界将如何。有时前者在后者之前，有时后者却在前者之前。或许，“因”永远伏在过去，而“果”在未来，但其间的过去和未来本身是纠缠不清的。

国会大厦后面的台地上风景绝佳：婀娜河蜿蜒于下，阿尔卑斯山峭拔在上。一个男人现在就站在那里，心不在焉地一边掏口袋，一边哭泣。没有理由，他的朋友却全不要他了。没有人再打电话给他，没有人再约他去小饭馆里吃晚餐、喝啤酒，也没有人再请他来家里坐了。二十年来，他一直是他朋友的理想朋友：慷慨、有趣、言语温和、情感充沛。到底发生了什么事？台地这一刻以后一星期，这同一男人变得行为乖张起来，他成了色狼，羞辱每一个人，穿着发臭的衣服，用钱小气，不让任何人去他在罗本大街的公寓。何者为因？何者为果？何者是未来？又何者是过去？

在苏黎世，市议会最近刚通过了几条严峻的法律：手枪不可买卖。银行和交易所的账目要稽查。所有的游客，不论是坐船从利马特河驶入苏黎世的，还是坐色瑙线的火车进入城里来的，都要检查是否携带违禁品。民兵因而加倍了。然而，严密控制以后一个月，苏黎世这个城反而被其历史上最重大的罪行给撕裂了。光天化日之下，有的人竟然在韦恩广场上当街被杀；有的画居然从美术馆中被人偷走；更有居民坐在歌德大教堂的座位上酗起酒来。难道这些罪行不是错放了时间？难道这些罪行不是发生在新法颁布之前，怎么反而在颁布之后呢？或许，这些新法是议会的主动出击，而非抗议罪行的因应措施？

一个年轻女人坐在植物园中的喷泉附近。她每个礼拜天都来，来闻玫瑰的馥郁，来闻雪白重瓣紫罗兰的清芬，来闻一簇簇粉红石竹花淡淡的馨香。突然间，她的心飞舞起来了，她的脸染上了桃红，她焦躁地走来走去；没有理由，她却变得非常快乐。几天以后，她遇见一个年轻人，即时就被爱迷倒了。这两件事情之间一定没有关联吗？如果有，其间又有什么样奇特的因缘际会？还是出于时间的错乱倒置？还是出于一种相反的逻辑？

在这个没有什么道理的世界，科学家是孤立无援的。他们的预言都是后见之明；他们的解析方程式都在自圆其说；他们的逻辑，都不合逻辑。科学家变得鲁莽冒失，像赌徒停不了下注那样，嘴里不断地嘀嘀咕咕抱怨。科学家都成了小丑，不是因为他们太理性，而是因为宇宙太不理性。或许，不是因为宇宙太不理性，而是因为他们太理性了。在一个没有道理可言的世界里，谁又敢说什么究竟是什么？

在这个世界里，艺术家倒是快乐的。不可测正是他们的绘画、他们的音乐、他们的小说的生命。他们喜欢不曾预报的事件，无法解释的情状；他们喜欢回顾过去。

大多数人学会了如何生活在片刻当中。论证是这样的：如果过去对现在有不能确定的影响，那么就没有必要停驻于过去。如果现在对未来几乎没有影响，则现在的行为于未来的结果也不必量度。更进一步说，每一言、每一行，都是时间之洋里的一个岛屿，只能自我评断。家人安慰一垂死的叔叔，不是因为大家有相似的遗传，而是因为那一刻，他正被爱着。职员受雇，不是因为过去的履历，而是因为他们在面试时所表现的即席应对。被老板践踏的员工，因对未来无所惧怕，故一遭羞辱，必定还击。这是一个冲动的世界。这是一个真实的世界。在这个世界里，每一个吐出的字，只向吐出的瞬间倾诉；每个眼波流动的一瞥，只有一义；每个手指轻柔的一触，没有过去，也没有未来，而每一唇齿相怜的吻，只是现时此刻的一吻。

一九〇五年五月四日

在这个世界里，时光虽然流动，但却没有什么事真的发生。

是晚上。两对夫妇，一对是英国，一对是瑞士，坐在圣莫里茨镇圣慕瑞桑大酒店的餐厅中他们的老位置。他们每年聚一次，整个六月，在这里交际，并且享受着温泉。结着黑领带、束着腰身的男士们都很英俊，而着晚宴装的女士们都很美丽。穿梭着来去的侍者越过细木地板，招呼他们点菜。

“我判断明天会是个好天，”头发上系着缎结的女士说，“那就放心了。”其他的人点着头。“如果天气晴朗，洗温泉浴在感觉上要舒服得多。虽然我猜两者不应该有什么相干。”

“在都柏林赌马，如押‘轻捷’的话是四比一，”海军上将说，“如果我有钱，我就拿它下注。”他向太太挤了挤眼睛。

“如果你敢赌的话，我给你五比一。”另一位男士说。

女士们掰开面包，抹上黄油，把小刀仔细地搁在黄油碟上靠边的地方。男士们的眼睛则一直盯着餐厅门口。

“我很爱这些餐巾的花边。”头发上系着缎结的女士说。她拿起餐巾，打开，复又折上。

“你每年都说一遍同样的话，约瑟芬。”另外一位女士笑着说。

上菜了。今晚，他们吃波尔多式的龙虾、龙须菜、牛排、白酒。

“你的怎么样啊？”头发上系着缎结的女士说，一边看着她的丈夫。

“简直精彩极了。你的呢？”

“口味有一点儿重，跟上礼拜一样。”

“那么，上将，你的牛排怎么样？”

“从来没拒绝过牛肋肉。”海军上将开心地说。

“看不出来你常去肉铺，”另一位男士说，“从去年起，甚至过去十年来，你连一公斤也没有增加。”

“或许你看不出来，但是她看得出。”海军上将说，对着她的太太挤了挤眼睛。

“我也可能弄错，但总觉得今年的屋子比过去多一些穿堂风。”上将的太太说。其他的人点头，继续吃着龙虾和牛排。“我总是在凉快的屋子里睡得最好，但是如果有穿堂风，我就会咳嗽着醒来。”

“把被单盖到你头上。”另一位女士说。

海军上将的太太说好，但是看起来有些困惑。

“把你的头塞进被单底下，穿堂风就骚扰不了你了，”另一位女士又说了一遍，“我在格林德韦德时就总是这样。我的床旁边有一扇窗子。如果我把被单拉到鼻子上，就可以开着窗户睡觉。被单可以挡住冷空气。”

头发上系着缎结的女士挪了一下椅子，把她在桌子底下跷着的腿放了下来。

咖啡来了。男士们退到吸烟室，女士们则走到室外大阳台柳条编的秋千旁。

“一年来生意如何？”海军上将问。

“没的抱怨。”另一位男士说，一边啜饮着白兰地。

“孩子呢？”

“又长大了一年。”

阳台上，女士们荡着秋千，眼睛望进黑夜里去。

在每一个旅馆、每一所房子、每一座城市里，情况都是一样的。因为在这个世界里，时光虽然流动，但却没有什么事真的发生。就好像一天天过去了，并没有什么新事发生那样；一月月、一年年过去了，也都没有什么新事发生。如果时间与事件的过程是一回事，那么，时间几乎不曾流动。如果时间与事件不是一回事，那么，是人几乎没有变动。如果一个人在此世界里并无雄心，他是不知不觉地在受苦；如果一个人很有雄心，他是有知有觉地在受苦，只是很慢很慢。

间奏曲

傍晚，爱因斯坦和贝索二人沿着斯派克巷慢慢走。这是一天最安静的时分。店铺老板收起了遮阳篷，牵出他们的自行车扬长而去。从一户人家二楼的窗户，可以看见一个母亲正叫她的女儿回家帮忙准备晚饭。

爱因斯坦一直在跟他的朋友贝索解释他为什么想知道时间是什么。但是他没有说起他做过的梦。很快他们就会走到贝索的家了。有的时候，爱因斯坦会在他家呆坐到吃完晚餐，直到米列娃拖着他们的小婴儿来找他回家。这种事情总是发生在爱因斯坦因了某个新计划而恍惚入迷的时候，现在的情况正是如此。而整顿晚饭的工夫，他在桌子底下窸窸窣窣地抖着腿。爱因斯坦实在不是一个可以在一块儿吃晚饭的好伙伴。

爱因斯坦向着个子也很矮的贝索靠过去，说："我想了解时间，因为我想亲近'老天爷'。"

贝索赞同地点点头。但这中间还有些问题，贝索又一一指出来。其一，或许“老天爷”对它所创造的，不论贤愚，一律没有兴趣让他们去亲近。其二，如说有了知识即是亲近，这二者之间的关系并不明显。其三，这个研究时间的计划，对一个二十六岁的人来说，恐怕是太大了。

但是话说回来，贝索认为他的朋友无论研究什么都可以研究得出来。只说今年，爱因斯坦就已经完成了他的博士学位；写了两篇重要的论文：一是关于光子理论的，一是关于布朗运动的。目前进行的计划，实际上开始于电力和磁力的深入探讨，就是因为这一追究使得他有一天突然宣布：他必须重新思考时间这一观念。贝索因爱因斯坦的这种雄心而神为之迷、目为之眩。

有好一会儿，贝索听任爱因斯坦沉醉于他自己的思想之中。而贝索则在想：不知安娜今晚做了些什么好菜，一边看着下面小街旁婀娜河上一条银白的船在斜阳里闪烁生辉。这两人在街上走着，他们的脚步轻轻敲响在圆石子铺成的马路上。他们两人从在苏黎世做中学生时，就已经彼此相识了。

“接到我兄弟从罗马来的一封信，”贝索说，“他会来此小住一个月。安娜很喜欢他，因为他总是夸赞她的身材。”爱因斯坦心不在焉地笑了。“我兄弟在这里的时候，我没有办法像现在这样，下了班就和你见面。你不会有问题吧？”

“什么？”爱因斯坦问。

“我兄弟到了这里的时候，我就不能经常跟你见面了，”贝索又说了一遍，“你自己待着没关系吧？”

“没问题，”爱因斯坦说，“不必担心我。”

自贝索认识爱因斯坦之日起，爱因斯坦就是自己照顾自己的。在他成长的年月中，经常是四处搬家、居无定所的。他和贝索一样，也结了婚，但是他几乎不和太太一起出门。就算是在家里，他也常在半夜从米列娃身旁偷偷溜走，溜到厨房里去演算成页成页的方程式，然后第二天拿到办公室去给贝索看。

贝索好奇地注视着他的朋友。对这样一位隐士、一个内向的人而言，为了追求与老天爷亲近，竟然热情至此，似乎令人不可思议。

一九〇五年五月八日

这世界会在一九〇七年九月二十六日当天结束。每个人都知道。

这世界会在一九〇七年九月二十六日当天结束。每个人都知道。

伯尔尼一地的情况与其他的都市、其他的城镇并无二致。末日前一年，学校关门。未来既然如此短暂，怎么能够还为了未来而念书呢？孩子们因永远不需要再上课而皆大欢喜。他们在克拉姆巷的拱门间捉迷藏，在婀娜街的马路边跑上跑下，在河中的大石块上跳去跳来，并且花大把大把的硬币买薄荷糖和甘草糖吃。他们的父母并不管，随他们爱干什么干什么。

末日前一个月，百业关张。国会停止了议程。斯派克巷上的联邦电报大楼是一片静默。罗本大街的钟表厂也一样，纽德格桥那边的磨坊也一样，都陷入了无声，所余时间无多，工商夫复何用？

市政府巷的露天咖啡座上，人们坐着，喝着咖啡，轻松地谈他们的生活。一种自由的感觉在空气中弥漫。比如说，就是现在，一个棕色眸子的女人对她母亲说，她小的时候，因为母亲忙于做裁缝，她与母亲在一起的时候很少。母女俩现正计划着去卢塞恩旅行。他们要在仅剩的时间内，把两人的生命配合在一起。另一张桌子上，一个男子跟他的朋友谈起他所恨的上司来。他说他的上司经常于下班以后在办公室的衣帽间与他的太太做爱，而且以解雇来威胁他，如果他或他太太不识好歹的话。但他现在有什么好怕的？这个男子与他的上司妥协了，与他的太太也不计较了。终于，一切都轻松下来了，他伸直了腿，任自己的眼睛纵游在阿尔卑斯山上。

马可巷里的面包房，手指上沾满面粉的师傅把揉好的面团放进了烤炉，唱起歌来。这些日子人们来买面包，都非常客气。他们微笑，而且照价付账；反正钱是越来越无所谓了。他们聊起去福瑞堡野餐，聊起珍惜听孩子们说话的时刻，也聊起黄昏时长长的散步。他们好像不怎么介意世界就要走到尽头了，因为大家分担了同样的命运。只剩一个月的世界，是一个平等的世界。

末日前一天，街道在笑声里旋转。彼此从未说过话的邻居像朋友似的打招呼。他们脱了衣服，沐浴在喷泉里；其他的人则沉潜在婀娜河中。游水游得倦了，他们就躺在河边如茵的青草地上读诗。一律师和一邮局职员，从来不认识，而现在他们把着臂穿过植物园，对着紫菊和报春花微笑，一边热烈地讨论着色彩与艺术的问题。他们过去的社会地位不同，而今，这些又有什么相干？在仅余一日的世界里，他们是平等的。

在阿伯格巷旁小街的阴影里，一男一女靠在墙上，喝着啤酒，吃着熏牛肉。之后，她会把他带到她的公寓里去。她早和别人结了婚，但是这些年来，她总想着这男子，在这世界的最后一天，她要满足自己长久以来的渴望。

几个人奔跑过市，急于做功积德，他们企图矫正自己以往的恶行，补偿自己过去的亏欠。他们的笑容是唯一不大自然的笑容。

世界结束前一分钟，人人聚集在美术馆前的空地上。不分男女、老幼，大家手拉着手，围成一个巨大的圆圈。没有人动。没有人说话。因为太安静了，人人可以听见他左边或是他右边那人的心跳。这是世界消失之前最后的一分钟。在绝对的死寂当中，庭园里一株紫色的龙胆，捕捉到花朵底下的一束金光，刹那一闪，随即消逝于花丛间。美术馆后面，有一株落叶松，当微风吹过，松针悠悠落下。穿过树林更远的地方，婀娜河反照着日晖，涟漪起处，映出波光粼粼。往东面看，圣文森特大教堂的钟楼孑然高耸：细致的红，精巧的石工，如一片树叶上的筋络，清晰而娇嫩。更高之处，是积雪在顶的阿尔卑斯山，紫霭白烟，庞然而沉默。一片云在天上飘来又飘去，一只燕子在空中飞高又飞低。人间无语。

最后的几秒钟内，大家手拉着手，每人都仿佛刚从黄玉峰上往下跳似的。结局临到时，犹如从高处跃下，迫近地面：清冷的空气从四面八方猛冲过来，身体全无重量。寂静的地平线一路绵延多少里长。而黄玉峰下，广漠无垠的雪毯飞快地袭卷而来，近了，更近了，终将这一圈粉红，连同生命一起卷了起来。

一九〇五年五月十日

在这个世界里，时间的质地刚巧是黏的。每个城总有些地区卡在历史洪流中的某个时刻而出不来。

傍晚，有片刻的工夫，太阳依偎在阿尔卑斯积雪的山坳，仿佛火焰摩挲着冰雪。长长的斜晖从山上撒下来，越过安静的湖面，投射阴影到山麓的小城。

从许多方面看来，这是一个表里一致的小城。针枞与落叶松与阿罗拉松在西方与北方两面，形成柔和的地界；更高处则有红似火的百合、紫如烟的龙胆，以及山中的耧斗花。小城附近的草原上，有供制黄油、乳酪和巧克力的牛群在吃草。一小纺织厂生产丝、缎带和棉布衣服。有一教堂的钟响了。熏牛肉的香味填满了小巷与大街。

远观而外、再近看时，这是一个分开来自成局面的小城。有一个地区生活在十五世纪：粗石房子的每层楼都与户外的楼梯和走廊连接在一起，而上层的屋翼敞着口，迎风而开。青苔长满了屋顶石板间的缝隙。村里的另一地区是十八世纪的画面：窑烧的红瓦斜铺成直线的屋顶。教堂有椭圆形的窗户，有肱木支撑的凉廊，有花岗岩的护墙。

又有一地区掌握着现在：夹道的拱门、阳台上的金属栏杆、平滑砂岩装点的门面。村子里，每一地区系于一不同的年代。

在这个傍晚，在太阳犹依偎在阿尔卑斯的山坳的瞬间，一个人很可能坐在湖边，冥想时间的质地究竟是什么。理论上，时间可以是平滑的，也可以是粗糙的；可以是如刺似的扎手，也可以是如丝般的柔细；可以是硬的，也可以是软的。但是在这个世界里，时间的质地刚巧是黏的。每个城总有些地区卡在历史洪流中的某个时刻而出不来。所以，个人也一样，卡在他们生命的某一点上，而不得自由。

就是现在，山下的一户人家里，有个男子正与他的朋友在谈话。他在谈他上中学时的学生生涯。他数学和历史的成绩优良奖状挂满了墙壁，他的运动奖牌和奖杯占满了书架。这里桌子上，是他当击剑队长时的一张相片，相片中他被其他的年轻男孩簇拥着；而这些男孩自上大学后，有的成了工程师，有的成了银行家，而且都结婚了。那儿柜子里，收着二十年前的衣服：击剑所穿的裤与褂，而花呢裤的腰身现在已嫌太紧了。这位朋友，几年来努力想把这男子介绍给其他朋友的，耐心地倾听，礼貌地点头，沉默地在狭小的屋子里挣扎着呼吸。

在另一户人家里，一男子孤独地坐在一张双人桌旁。十年前，他坐在这儿，他父亲的对面；他说不出来他爱他。他追溯整个童年的岁月，找寻曾与他父亲相亲的片刻，他记得那些夜晚，那沉默的人孤独地坐在那里，守着他的书；而他说不出来他爱他，说不出来他爱他。现在，桌子上摆着两个盘子、两个玻璃杯、两根叉子，与那个最后的晚上完全一样。这男子开始吃饭，他吃不下去，完全控制不了地哭了起来。他从来没有说过他爱他。

又一户人家里，一个妇人欣喜地看着她儿子的照片：年轻、聪明、满面含笑。她写信给他，寄去的地址久已无法投递，而她却想象着收到回信的快乐。当她的儿子敲门，她不应。当她的儿子带着肿胀的脸与无神的眼，在窗口叫唤她、问她要钱时，她听不见。当她的儿子蹒跚而来，给她留下便函、乞求见她时，她把便函没有拆就扔了。当她的儿子站在她大门外漆黑的夜色中时，她早早上床睡觉了。而清晨她起来，看着他的照片，写亲昵的信，寄至一处久已无法投递的地址。

一个老处女总看见曾经爱过她的年轻男子的脸，在她卧室的镜子里，在面包房的天花板上，在湖面上，在天空中。

这个世界的悲剧即在于没有人是快乐的，不论是卡在痛苦的或是欢欣的时光当中。这个世界的悲剧即在于每个人都是孤独的，因为昔日的生命不能与今日的相容。每一个卡在时间之流里的人是孤独地卡在那里。

一九〇五年五月十一日

在这个世界里，时光的流逝反而增生了秩序。秩序是自然律，是天地的趋势，是宇宙的方向。

走在马可巷里，所见的景观是很奇妙的：水果摊上的樱桃成排地摆开，女帽店里的帽子整齐地罗列，阳台上的花盆摆成完美的对称，面包房的地板上不落一丝残渣，酒店的圆石子地上不溅一滴牛奶。各物各就其位，无物不在其位。

当一群欢乐的人离开餐馆时，桌子比先前还整洁。当风轻轻吹过街头，马路即扫净，尘与土均吹送到小城的边缘去了。当浪花冲向岸边，岸边即迅速恢复了原样。当叶子从树上落下时，叶落成行犹如天上的鸟飞翔成阵。云容百态，既现其姿，又不改其貌。烟斗在屋子里飘出烟来，烟垢飘向屋角，留下清新的空气。彩绘的阳台暴露在风里、雨里，随时日之消逝反而更加鲜明亮丽起来。雷声使破碎的花瓶恢复原形，使断裂的碎片跃起，重返他们原来的位置，严丝合缝，拼回完整的花瓶。装着桂皮的小车推过，飘来的香气不但没有因时而消散，反而与时而俱长。

这里发生的这些事情，是不是看起来很奇怪？

在这个世界里，时光的流逝反而增生了秩序。秩序是自然律，是天地的趋势，是宇宙的方向。如果光阴是一支箭，此箭即对准了秩序而射出。未来是规律、是组织、是合一、是加强；而过去，则是散漫、是混淆、是分解、是消失。

哲学家辩解：世界如果没有归向秩序的此一趋势，时间即了无意义，未来与过去则永远分不清楚。事件的前后次序即如千部小说中随意摘取的场景，各自为政，互不相干。而历史则面目模糊，一如夜间缓缓积聚在树梢的雾霭。

在这样的世界里，家里脏乱的人躺在自家的床上，等着大自然的力量把他们窗桄间的灰尘推挤出去，把他们衣柜里的鞋子收拾整齐。理事不清的人不妨去野餐，到时候他们的行事历就整理好了，他们的约会就安排好了，他们的账目就结算好了。口红、刷子、信件可以扔进皮包里，而他们就自动归档，令人满意。园里的花木不须修剪，野草不用清除。快下班时，桌面就变整洁了。晚间丢在地板上的衣服，早晨即摆回椅子上。丢掉了的袜子又出现了。

如果有人在春天来到这个城市，他会看到另一奇妙的景观。因为在春光中，整城的居民都受不了他们生活中秩序的重重相逼。在春天，人们愤怒地在自家的房子里堆放垃圾。他们把泥土往屋里扫，把好好的椅子摔坏，把完整的窗户砸破。在春天的阿伯格巷里，或任何一条住宅区的街上，一个人会听到打碎玻璃的声音、大声喊叫的声音、咆哮的声音、狂笑的声音。在春天，人与人不期而遇，他们烧掉记约会的记事簿，丢开手表，豪饮终夜。这种疯狂般的自暴自弃行径一直持续到夏季，那时人们才恢复感觉，回到他们原来的秩序里去。

一九〇五年五月十四日

有一个地方的时间是静止不动的。

有一个地方的时间是静止不动的。雨点凝于大气中，不落下来；钟摆晃荡在半路上，不摆过去。狗儿伸着头张着嘴，却没有吠出声来。行人在尘土飞扬的街上定住了，腿只抬了一半，好像有绳子把他们拉住。枣子、芒果、胡荽、茴香的气味悬在空中，不会散去。

一个旅人不论从何方到来，他越接近此地，他的动作越缓慢。他的心跳减速，他的呼吸变弱，他的体温降低，他的思想迟滞，一直到他来到死亡中心，一切停顿了为止。因为这是时间的中心。时间从此处始，以画同心圆的方式向外流动——圆心静止，向外直径越大，时间的速度也越快。

谁会到时间的中心来朝圣呢？父母带着孩子，还有情人也会来。

所以，在时间静止不动的地方，我们看到父母紧搂着孩子，这拥抱是凝固的，是永远不放开的。有着金发蓝眼的青春美丽的女儿，永远不会停止她正在展现的这一朵嫣然笑靥，永远不会失去她双颊上柔和的玫瑰色光泽，永远不会皱纹遍布，永远不会沧桑满脸。她永远不会受伤，永远不会忘记父母的教诲，永远不会产生双亲不懂的想法，永远不涉邪恶及邪思，永远不会告诉父母她不爱他们，永远不会离开她可以欣赏海景的卧室，永远不会停止触摸她的父母，如同现在一样。

在时间静止不动的地方，我们看到情人在大楼的阴影里亲吻，这拥抱是凝固的，是永远不放开的。被爱的男人永远不会把他的臂膀从其现时所在之处拿开，永远不会退还定情的手镯，永远不会离开他的爱人而远走他乡，永远不会在自我牺牲中置已身于险地，永远不会忘记表达他的爱，永远不会嫉妒，永远不会另爱他人，永远不会在时间之流中失去这一刻的激情。

唯有最微弱的红光照着这些雕像，因为在时间的中心，光线的存在几乎是若有若无的：它的波动缓慢得有如深广的峡谷里的回响，它的强度减低到有如流萤在清冷的夜里所发出的幽光。

那些不完全停留在死寂中心的人，其实也在动，但是是以冰河的速度在动。刷一下头发大概要一年，一个吻大概要千年。回眸一笑，在外面的世界里，寒暑数十易。搂一下小孩，河上起了新桥；而正说着再见时，城郭倾颓了，又被人遗忘了。

而那些回到外面世界的人，又如何呢？……孩子飞快地成长，忘了父母世纪长的拥抱，对他们而言，那拥抱只持续了几秒钟。孩子成了大人，远离了父母，他们住在自己的房子里，行事有自己的方式，他们受苦而变老。孩子因为父母想永远保有他们而诅咒父母；因为自己的鸡皮鹤发和粗哑声音而诅咒时间。这些现在已经老了的孩子也想让时间停止，但是停在另一个时间上。他们想把自己的孩子冻结在时间的中心。

回到外面世界的情人发现他们的朋友都早已去世了。毕竟，好几辈子过去了。他们现在在一个自己所不认识的世界里活动。回去的情人仍旧在大楼的阴影里拥抱，但他们的拥抱似乎是既空虚而又孤独的。不久，他们忘了世纪长的盟约，对他们而言，那盟约只持续了几秒钟。他们变得连在陌生人当中，也互相嫉妒。他们对彼此说憎恨的言语，他们失去了激荡的热情而各自西东，最后在他们所不认识的世界中孤独地老去。

有人说最好不要靠近时间的中心。虽然生命是悲伤之所在，但度此一生本身是很庄严、很尊贵的一件事；何况，没有时间，也就没有生命了。其他的人不同意这个说法。他们就是要一心满意足的永恒，即使这永恒如同钉装在匣子里的蝴蝶，是固定地冻结在一点上。

一九〇五年五月十五日

试想这样一个世界：没有时间，只有意象。

试想这样一个世界：没有时间，只有意象。

一个孩子在海边，她看见大洋时第一眼的震撼。黎明时站在阳台上的一个女人，她披散着的头发，她的宽松的丝质睡衣，她光着的脚，她的唇。克拉姆巷里查林杰喷泉附近拱门的圆弧：砂岩和铁。坐在书斋里一片静谧中的男子，手里拿着一女人的相片，他脸上痛苦的神情。伸展双翅、镶在天空里的一只鹗，曙晖穿透了鸟羽。坐在空礼堂中的年轻男孩，他的心跳急促得仿佛他是站在舞台上。冬日的小岛，雪上的屐痕。夜里水上的船，船上的灯火在远处黯了，好像黑天幕上的一颗小红星。一个上了锁的药柜子。地上的一片秋叶，细致的红、褐与金黄。蹲在灌木丛里的一女子，在早已疏远了她的丈夫的家旁边等待着他回来，她有话非跟他说不可。落在春日里、也落在一年轻人在所爱的地方所作的最后一次散步的一场轻柔细雨。窗台上的灰尘。马可巷上的辣椒摊：黄的、绿的和红的。马特宏峰：插入蔚蓝天空里的嶙峋白尖，绿色的幽谷和小木屋。针之眼。叶上的露珠：晶莹、剔透。躺在床上的母亲，哭着，空气里紫苏的气味。“小堡垒”公园里自行车上的孩子，笑出一生最灿烂的笑容。祈祷塔：高大、八角形、阳台、庄严的面貌、众人臂把臂地合围着。平明湖上升起的氤氲水气。一个开着的抽屉。咖啡馆里的两个朋友，灯光映着一人的脸，另一人在阴影里。一只猫注视着窗户上的一条虫。一个年轻女子坐在长椅上看一封信，她的绿眼睛里漾着欢喜的泪。一片原野，夹道的针枞与杉木。阳光，傍晚时长长地斜射进窗内。倒在地上的巨树，树根暴露在外，横陈于空气中，树皮、树枝依然青葱。白帆一点，顺风而行，小船鼓帆，如一只巨大的白鸟振翼。父与子独坐在餐馆里，父亲很悲伤，眼睛朝下凝视着桌布。一扇椭圆的窗户，望出去干草遍野、一辆木推车、牛群、斜照中的紫与绿。地板上摔破了的瓶子，地板缝隙里褐色的液体，红了眼睛的女人。厨房里的老人，为他的孙子做早餐，小男孩从窗子里望着外面漆成白色的长椅。桌子上昏暗的灯旁一本用旧的书。一朵浪花断裂时，风吹着水上的一团白。湿着头发躺在沙发上的女人，握着一个她永远不会再见到的男子的手。一列拉着红车厢的火车，在弧线优美的石拱桥上，河流在下，细小的圆点是远处的房舍。飘浮在窗外阳光里的微尘。颈背上的薄皮肤，薄得足以看见底下血流的脉动。一男一女赤裸着身体，你裹着我，我裹着你。一轮满月下丛树的蓝色的影子。山顶上一阵强劲的风，谷地向四面八方陷落，一层牛肉、一层干酪的夹心面包。一个孩子躲避他父亲的巴掌，父亲的嘴唇因生气而扭曲，孩子不懂。镜里陌生的容颜：两鬓苍然。一个年轻人拿着电话机，听到了什么而面露惊异。一帧全家福相片：父母年轻自在，儿女穿戴整齐、笑意迎人。远远透过丛林的细碎的光。夕阳的红。一个蛋壳，白、脆，并没有破。冲上海岸的一顶蓝帽子。剪下来的玫瑰飘浮在桥下的河水里，其旁是高耸的城堡。情人的红头发，桀骜不驯而又充满希望。一个年轻女人手里拿着的鸳尾的紫色花瓣。一间屋子：四堵墙、两扇窗、两张床、一张桌子、一盏灯、两个面红耳赤的人、眼泪。初吻。行星滞留于太空中，无涯、无声。窗上的一滴水珠。一截蜷曲的绳子。一把黄色的刷子。

一九〇五年五月二十日

在这个世界里，人们没有记忆。

只要沿着斯比达巷栉比鳞次的摊位注目一瞥，就不难讲出一个故事来了。逛街买东西的人迟疑地从一个摊子走到下一个摊子，看看每个店铺都在卖些什么。这里是烟草，那么芥子在哪里呢？此处是甜菜，那么鳕鱼在何处呢？这是羊奶，那么虎耳草呢？这些熙来攘往的人群并不是初来乍到伯尔尼城的外地旅客，而是不折不扣的伯尔尼市民。没有人记得住他两天以前才在十七号一个叫“斐迪南”的店铺里买过巧克力糖，还是在三十六号“霍夫小菜馆”买过牛肉。每家店铺究竟是卖什么的，人人都得现找。许多人拿着地图走路，指挥其他拿着地图的人，在他们住了一辈子的城市里，在他们走了数十年的街道上，却一个拱门挨一个拱门地往下找他们要去的地方。许多人拿着记事本走路，他们要在所问到的消息暂时停留在脑子里的时候，把刚打听到的记在本子里。因为在这个世界里，人们没有记忆。

在每天工作完了该回家的时候，人人都得查查地址簿看他们自己究竟住在哪里。宰了一天牛羊、切了一堆难看的肉块的屠夫恍然发现他的家在纳格利巷二十九号。对市场情况只有短暂记忆、却做了几桩成功的投资的股票经纪，看了他的小本子，才知道他现在住在国会巷八十九号。到了家来，每一男人发现有一女人和孩子在门口等着，他自我介绍一番，帮忙女人做晚饭，念故事书给孩子们听。同样地，每一女人下班回家以后，再与丈夫、孩子、沙发、台灯、壁纸、瓷器上的图案等等重新相会。夜深了，夫与妻不会在餐桌上流连片刻，讨论日间的活动，还是孩子的学业，或是银行账户的问题。他们会彼此对视着微笑起来，忽地感到血脉贲张，身体滚烫，而腿间胀痛，与十五年前初次邂逅时毫无二致。他们找到了卧室，匆忙间几乎推倒了他们自己也不认识的家庭照片，在欲火翻腾中度过了长夜。因为只有习惯和记忆会使生理的激情缓和下来。没有记忆，每一黑夜都是初夜，每一清晨都是初晨，每一亲吻都是初次的亲吻，而每一触摸都是初次的触摸。

没有记忆的世界是只有现在的世界。过去只存在于书籍里与档案中。为了认识自己，人人带着他自己的“生命簿”，其中记载了他生命的历史。每天读数页，使他再度知道了自己的父母是谁；他的出身是高贵，还是低贱；他在学校的功课是好，还是不好；他的生命当中是否成就过任何事。没有“生命簿”，一个人只是一张照片、一个两度空间的画面、一个鬼魂。在邦恩巷方场树叶浓密的咖啡馆里，你会听到一男子痛苦的尖叫，他刚从“生命簿”中读到他曾经杀过一个人；你会听到一女人沉重的叹息，她刚发现一王子曾向她求过爱；你会听到另一女人忽然吹起牛来，因为她才知道十年前她还在大学念书的时候，曾经得到过最高的荣誉。有些人以在桌旁读自己的“生命簿”度过黄昏，其他的人则狂乱地以每日起居琐细填满簿中剩余的册页。

随着光阴逝去，人人的“生命簿”都继长增高、厚到没法读完全本的程度，这时就得作选择了。进入老年的男女，或读前面几页，以认清自己的少年辰光；或读后面几页，以辨识自己的暮年岁月。

有些人则完全不读自己的“生命簿”了。他们已把过去抛到了九霄云外。昨日种种：不论是富，是穷；是饱学，是白丁；是傲岸，还是谦冲；是一直空虚，还是曾经爱过；与他们的生命没有什么相干——不会比和风穿过了发间的感觉更具意义。他们决定不予计较了。这样的人看着你时，是直直地盯着你的眼；抓着你时，是紧紧地握住你的手。这样的人走在路上，总是以其青春年少时轻快的步伐前行。这样的人已经学会怎样在没有记忆的世界里过没有记忆的日子。

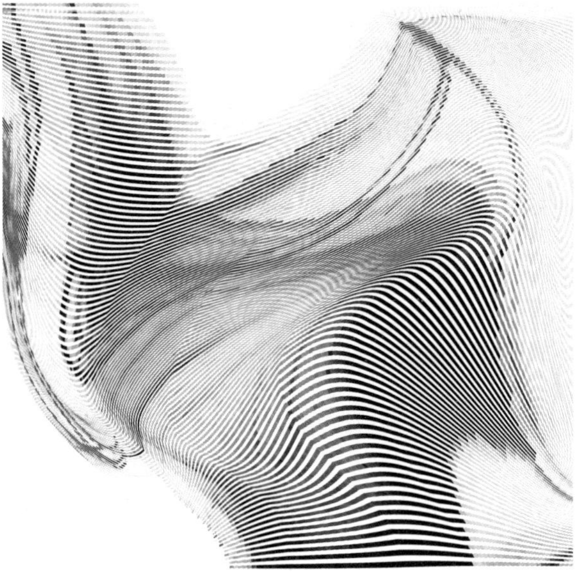

一九〇五年五月二十二日

在这个世界里，时光的流动并不均衡，而是间歇错乱的。

拂晓。一层薄雾，淡淡的橙红如鲜嫩的鲑鱼片，飘飘荡荡地穿过了城市，接上了河流的呼吸。太阳正在纽德格桥那边等待，把一道道泛红的、长钉似的光线沿着克拉姆巷一路直射出来，投向计时的巨钟，照亮了阳台的底侧。清晨的声音如面包的气味飘过了大街小巷。一个孩子睡醒了，哭着要妈妈。女帽店的主人一到他在马可巷的铺子，遮阳篷轧然而起的声音即隐约可闻。河上的引擎低沉地呜咽。两个女人在一拱门底下轻言细语。

当城市经过了雾与夜而融化时，你会看见一奇怪的景象。这边，一座旧桥却修建了一半；那边，一所房舍竟脱离了地基。这里，一条街没有什么明显的理由而改换了方向，原来朝西，现在朝东了；那里，一家银行却坐落在菜市场当中。圣文森特大教堂里低层的彩绘玻璃窗上描画的都是宗教的主题，而上层的窗玻璃却突然变成阿尔卑斯山的春景。一个男子轻快地走向国会大厦，他忽然停下来，手放在头上，兴奋地喊叫，回转身，急忙地朝相反的方向跑去。

这是一个随意改变计划的世界，一个充满突然机遇的世界，一个处处使人意料不到却预见得到的世界。因为在这个世界里，时光的流动并不均衡，而是间歇错乱的。结果呢，人们会在一时的时光错置当中，偶尔瞥见未来的面目与光景。

当一个母亲忽然在预见的景象中，看到她儿子将来住的地方，她就把所住的房子搬到儿子未来居所的附近，以便接近儿子。一个营造商看到未来的商业所在地，他宁愿绕个大弯也要朝那个方向修路。当一个孩子在短暂的一瞥中，看到自己的将来是个花店的主人，她就决定不念大学了。当一个年轻人在未来的景象中，看到自己日后会娶的女子，他就等她罢。当一个律师看到自己在苏黎世、身上却穿着法官的袍子时，他就放弃了伯尔尼的工作。事实上，当一个人已经看到他的未来，而还要继续现在的状况，又何必如此呢？

对那些已看到未来光景的人来说，这是一个保证成功的世界。几乎没有什么计划是已经开始了，而不朝向某一事业勇往直前的；几乎没有什么旅程是已经出发了，而不对准命中注定的城市的；几乎没有朋友是已经结交了，而将来不是朋友的。几乎没有心力是虚掷的，没有热情是浪费的。

对那些还没有看到未来光景的人来说，这是一个令人不起劲的、事事悬而未决的世界。你怎么能去大学注册，如果不知道未来的职业？你怎么能在马可巷开一家药房，如果斯比达巷里有一家类似的药铺可能更好？你怎么能与一男人做爱，如果他将来对你可能不忠？所以这类的人白天多半在睡觉，他们苦候一瞥未来的机缘突然出现，窥到了未来的天机，再作眼前的打算。

因此，在可以预见短暂的未来之场景的世界里，几乎没有人甘冒风险去从事任何工作。那些曾经识破未来的人不需要冒险，而那些尚未看到未来的人但等异象的呈现而不去冒险。

有些曾亲眼见识过未来光景的人拼命抵挡未来。一个男子在看过他自己将在卢塞恩当律师以后，反而跑到纳沙泰尔去照顾博物馆的花园。一个少年人在看到他父亲不久将死于心脏疾病的景象后，反而与他的父亲开始一辛苦费力的驾帆旅行。一年轻女子即使在看到她将嫁给某一男子的景象之后，仍然任由自己与另一男子坠入情网。这样的人在朦胧的晨光中、昏黄的暮色里，站在自家的阳台上叫喊着：未来是可以改变的，千种不同的未来都是可能的。在时间的长流里，纳沙泰尔的园丁厌倦了微薄的薪给，变成了卢塞恩的律师。父亲亡于心脏疾病，而儿子恨自己不曾强制父亲长留卧榻。年轻的女人被她的爱人遗弃了，嫁给了另一位可以让她单独面对失去爱人痛苦的男子。

在这个时光间歇错流的世界里，究竟是谁的日子过得比较好？是那些曾经见过未来，却仅过此一生的人？还是那些不曾见过未来，而等着过此一生的人？还是那些拒绝理会未来，而过了两辈子的人？

一九〇五年五月二十九日

在这个世界里，人在动的时候，时间过得比较慢。

突然间冲进这个世界里的人，不论男女，一定得对着迎面而来的房子和大楼躲躲闪闪，因为所有的一切都是在动的状态。住屋和公寓，装在轮子上，歪歪倒倒地穿过车站广场，跑过马可巷狭窄的街道，引得里面的居民在二楼窗口高声叫喊。邮局并不是总在邮政巷里，它像火车一样，在铁轨上飞过城市。国会大厦也不是安静地坐落在国会巷。不论在何处，空气里总是回响着电动机的呻吟和火车头的咆哮。一个人在日出时踏出他家大门，他的脚刚落地就开始跑，在后面追赶他的办公大楼，追上了，在大楼里又是匆匆忙忙地上下楼梯，在转动不停的桌旁工作，下班后则奔驰而回。没有人安静地坐在大树下看一本书，没有人悠闲地凝望着池塘中的涟漪，没有人躺在乡间又软又厚的草地上。没有人在静止状态。

为什么大家这样在意速度呢？因为在这个世界里，人在动的时候，时间过得比较慢，所以人人以高速行动来增加时间。

速度的效应一直要到内燃机发明了与快速的交通开始了才让人注意到。一八八九年九月八日，萨里郡的兰道夫·惠格先生用他的新摩托车以高速载着他的岳母到伦敦去。他很高兴地发现他用的时间比所预计的要少了一半，他与岳母之间的闲谈几乎还未开始，两人就已经到了，所以他就决定调查调查这现象。等到他的研究结果发表后，就没有人肯再慢下来了。

既然时间即金钱，单是财务考虑一项就足以垄断每一交割中的房屋、每一生产的工厂、每一食品商的店铺，使他们不得不以最快的速度前进，以便争取时间，赢过同行。于是大楼装上了巨型推进器，引擎永远不休息；而电动机和机轴整日在咆哮，比起大楼里面的设备和人员来，声音要大得多了。

同样地，房屋买卖不能只看高宽大小，或只看形式设计，还要看速度。因为房子行进得越快，里面的钟就滴答得越慢，而居住在内的人可用的时间也就越多。一切决定在速度这一因素。一个人若住在高速的房子里，他就可能在一天之内即比他的邻人多赚上几分钟。这种对速度着了魔似的牵念，不仅在日间如此，在夜里亦然；因为宝贵的时间可以在睡眠中有得，或有失，人们就不能不患得与患失起来。在夜间，大小街道都被灯光照亮了，这样，行进中的房屋才能避免相撞，因为高速下的接触总是致命的。在夜间，人们梦着速度，梦回青春，梦到机会。

在这个速度至上的世界里，有一个事实人们才开始慢慢地注意到。说一句逻辑的废话，运动的效应全是相对的。因为当两个人在街上错身而过时，彼此看对方都是在动的状态，就好像一个人在火车中看到窗外的树飞驰而过。所以当二人在街上错身而过时，任一人总是看另一人的时间流动得比较慢。任一人总是看另一人赚得了时间。这种相互关系真是令人发疯；而更令人发疯的是：一个人越快越过他的邻居，他的邻居看起来好像走得越快。

有些人因此而弄不清楚了，因此而心神沮丧了，他们干脆不再看窗外了。帘子拉下来，他们再也不知道自己动得多快，也不知道他们的邻居和对手动得多快。他们早晨起床、洗澡、吃火腿夹面包、在桌前工作、听音乐、与小孩说话，过着眼不见、心不乱、志得意满的日子。

有些人辩称：只有克拉姆巷钟楼的那口巨钟维持着正确的时间，因为只有钟楼是不动的。但是其他的人却指出来：如果从婀娜河看过来，或从云端望下去，无奈那口巨钟也是在动的状态。

间奏曲

爱因斯坦和贝索坐在市政府巷的露天咖啡座上。这是中午，贝索费尽唇舌才说动他的朋友离开办公室，出来呼吸一点儿新鲜空气。

“你看起来不算好。”贝索说。

爱因斯坦耸了耸肩，几乎有点窘了。几分钟过去了，或许只有几秒钟过去了。

“我有进展。”爱因斯坦说。

“我看得出来。”贝索说，有点紧张地研究着他朋友眼睛底下的黑圈。也可能爱因斯坦又忙得不吃东西了。贝索记得他自己在过去曾有一次像爱因斯坦现在这样的憔悴，不过却是为了一个不同的理由。那时是在苏黎世。贝索的父亲突然去世了，四十几岁，还不到五十的年纪。贝索和他的父亲从来没有处好过，这一次却深怀歉疚而饱受悲伤的打击。他念不下书，课业中断了。但他所想不到的却是爱因斯坦把他带回自己的住处，整整照顾了他一个月。

贝索看见爱因斯坦现在这个样子，很希望自己能帮上一点忙，但是爱因斯坦当然不需要帮忙。对贝索而言，爱因斯坦是没有痛苦的。他这人似乎忘记了自身的存在，也忘记了世界的存在。

“我有进展，”爱因斯坦又说了一遍，“我想秘密就快要出现了。你看了我放在你桌上洛伦兹的那篇论文没有？”

“太散漫了。”

“是啊！既散漫、而且又很狭窄的。不太可能对。电磁实验的结果告诉我们的比他那篇论文说的要基本得多。”爱因斯坦搔了搔他的小胡子，拿起桌子上的苏打饼干啃着，看起来很饿的样子。

两人沉默了一段时间没有说话。贝索放了四块方糖在他的咖啡里。这时爱因斯坦正凝望着远处的阿尔卑斯山，烟霭沉沉，几乎看不出是山来。事实上，爱因斯坦望穿了阿尔卑斯山，望进了太空。他有时候会因这样的极目远眺而偏头痛起来，那时他就非躺在那包了绿布套的沙发上闭了眼睛休息不可。

“安娜要你和米列娃下星期来吃晚饭，”贝索说，“如果有必要的话，你可以带着小奶娃一块儿来。”爱因斯坦点点头。

贝索又喝了一杯咖啡，瞄了瞄邻桌的年轻女人，把衬衫往裤腰里塞了塞。他几乎是与爱因斯坦一样的不修边幅，而爱因斯坦此时正瞪着太阳系在发呆、在出神。贝索真是担心他这位朋友，虽然他在过去也看过爱因斯坦现在的这副“德性”。也许请他吃顿晚饭会有些帮助或转机。

“星期六晚上。”贝索说。

“星期六晚上我有事，”贝索没有想到爱因斯坦会这么说，“但是米列娃和汉斯·亚伯特可以去。”

贝索笑着说：“星期六晚上八点钟。”贝索根本就想不通爱因斯坦当初怎么会结婚的。爱因斯坦自己也解释不来为什么。他有一次向贝索承认说：他曾经希望米列娃至少做一些家务，但是这事自始至终也不得解决。没有整理的床铺乱作团，肮脏的衣物落成堆，而叠起的碗盘高如山，一切还是和从前一样。有了婴儿之后，不用说家事自然是更多了。

“你觉得拉斯穆森的申请怎么样？”贝索问。

“是不是瓶子离心机？”

“是的。”

“他设计的机轴颤动得太厉害，以致不能用了，”爱因斯坦说，“但是他的想法很聪明。我想只要改一个可以自觅旋转轴的弹性装置，那个设计就可以用了。”

贝索完全知道他在说什么。爱因斯坦会自己想出一新的设计寄给拉斯穆森，不要求酬报，甚至也不言及鸣谢。情况经常是如此，收到爱因斯坦建议的幸运者甚至不知道是谁修正了他们的专利申请。但这并不是说爱因斯坦不喜欢公众的认可和赞誉。几年前，当他看到那一期《物理学学报》登载了他的第一篇论文时，曾大学鸡叫，叫了足足有五分钟。

一九〇五年六月二日

在这个世界里，时光在倒流。

一个软透了的、已呈暗褐色的桃，从垃圾里拿出来，放在桌子上等它变红。它变红了，再变硬了，装回购物袋里送到食品商那里去，搁在架子上，从架子上移走，置于批发用的大板条箱里，回到开满了粉红桃花的树枝上。在这个世界里，时光在倒流。

一位枯干的妇人坐在椅子上几乎不动，她的脸又红又肿，她的视力已眇，她的听觉已微，她的鼻息粗重得如死叶子落在石头上的沙沙声。几年过去了，其间几乎没有访客。渐渐地，这妇人增生了力量，吃的比从前多了，脸上纵横交错的皱纹也不见了。她听见了声音，听见了音乐。眼前模糊的影子聚拢来进入亮光中，桌椅的轮廓清楚了，人物的线条与形象也明朗而清晰起来。这妇人有时外出，从她的小屋，走到市场，偶尔看看朋友。天气好的时候，在茶馆里喝茶。她从衣柜最下层的抽屉里取出钩针和绒线，开始编织衣物。如果她喜欢自己的成品，她就开心地笑了。

有一天，她的丈夫苍白着一张脸被人送进她家来。几个小时之内，他的面颊红润了，他虽然伛偻着身体，却站起来了。他站直了，和她说话。她的家成了他俩的家。他们在一块儿吃饭，言笑晏晏。他们在乡间到处旅行，探访朋友。她的白发变深，间杂着缕缕褐丝，她的声音回响着新的语调。她去中学参加一个退休晚会，然后开始了教历史的生涯。她爱她的学生，每每在课后与他们辩论。她在中午吃饭的空当，以及晚间休息的片刻阅读书报。她与朋友见面，讨论已成过去的历史和正在发生的新闻。她帮她丈夫处理他在药房的账目，与他在山脚下散步，同他做爱。她的肌肤变得娇嫩起来，她的长发是一头浓密的深棕色；她的容颜姣好，而她的双乳是坚挺却又温柔的。她初次在大学的图书馆里遇见她的丈夫，回看了他好几眼。她上课。她从中学毕业，那天，她与父母和妹妹笑出了快乐的眼泪。她与父母同住，和她的母亲在家旁的林中散步，一去就是数小时；她帮母亲洗碗盘。她给妹妹讲故事；夜间上床时，别人给她讲故事，她越长越小。她在地上爬。她在母亲怀中吃奶。

一中年男子从斯德哥尔摩一礼堂的舞台上走下来，手里拿着奖章。他和瑞典科学院的院长握手，接受颁给他的诺贝尔物理奖，聆听委员会对他所作的光荣的颂赞。这个人略微想了一下他就要接受的这个奖。他的思想很快地转到未来二十年，那时他会在一间狭小的屋里，只用纸张和铅笔，孤独地工作。他会辛勤地耕耘，焚膏继晷，夜以继日。他会尝试许多错误的开头，长串做不出来的方程计算与逻辑推演将会塞满了字纸篓。但是有些不眠的夜晚，当他回到书桌旁时，他会知道自己了解了一些从来没有人了解的“自然”；知道自己冒险进入了幽暗的森林而找到了一线光明；知道自己探索乾坤的奥秘而掌握了一些可贵的天机。在那些不眠的夜晚，他的心跳如捣，仿佛正在恋爱中。那种对热血滔滔、澎湃不已的憧憬，对即将年轻无名、却无惧于犯错的憧憬震撼着他——现在正坐在斯德哥尔摩大礼堂的椅子上，离正在宣布他名字的院长的细如飞蚊的声音远远远远的。

一男子站在他朋友的坟地旁，把盈手一握的泥土掷向死者的棺木，感觉着一脸冰凉的四月雨。但是他没有哭。他朝前望向那一日，那时他朋友的肺会强壮起来，他会下床嬉笑，他们两人会在一起饮麦酒、驾帆船、谈天说地。他没有哭。他朝思暮想等待着一个特别日子的来临，那时他回想未来他和他的朋友会在一张低矮平正的桌上吃三明治，那时他会向他的朋友描述他对衰老以后没人再爱的恐惧；他的朋友呢，会温和地点着头，而外面的雨正潺潺地滑下窗上的玻璃。

一九〇五年六月三日

想象这么一个世界：那里的人只活一天。

想象这么一个世界：那里的人只活一天。可以这样说：因为人的心跳和呼吸的速度都加快了，所以整个一生就压缩在地球自转一次的空间里。或者也可以这样说：是地球的旋转放慢了速度，慢到一个地步，一次完全的自转就占去了整个人的一生。两种解释都可以；都对。在任何情况下，不论男女，都只见到一次日出，一次日落。

在这个世界里，没有人能活到亲眼看见四季的更迭。出生在任一欧洲国家十二月份的人，永远不会看见紫菊、百合、风信子、报春花、薄雪草，含苞的、或怒放的；永远不会看见枫树的叶子呈现金黄、或变成殷红；也永远不会听见秋虫的低吟、或莺鸟的歌唱。十二月出生的人寒冷地度过一生。同样地，出生在七月份的人，永远不会感觉落在脸颊上的一片雪花，永远不会看见冰封湖面上的满目晶璨，也永远不会听见靴子踏在新雪上的涩涩声响。七月出生的人温暖地度过一生。四季的变化只是从书籍里读到的。

在这个世界里，人的一生之计全凭光而定。黄昏出生的人，他的前半生是在夜间度过。他学会了室内操作的行业，如织布、如制表；他读很多的书，变成了知识分子；他吃太多；他惧怕屋外的茫茫黑暗，而在屋里培养阴影。清晨出生的人学会了户外从事的职业，如耕种、如砌砖；他身强体健，他逃避书籍和要用脑的问题；他明朗而有自信；他什么也不怕。

但是当光线改变时，不论是晨曦婴孩，还是落日婴孩，都在辗转挣扎，仓皇逃避。旭日初升时，那些夕曛里出生的人被突然入目的树林、海洋和山峦所惊呆了，因强烈的日光而目盲。他们回到屋内，遮住了窗户，在半明半暗中度过余生。薄暮来临时，那些朝暾中出生的人凄怆于天上飞鸟的相继消失，惆怅于海上波浪交叠的深蓝与浅蓝即将不见，惋惜着醉态可掬的霞色云容逐渐地散去。他们悲哭，拒绝去学夜间室内工作的手艺，他们躺在地上仰望天空，睁着双眼费力地在看他们一度看到过的世界。

在这个世界里，人的一生只有一日。人留心时间消逝的跫音，好像猫在聆听阁楼里的声息。因为没有时间可以由人挥霍而损失。出生、上学、恋爱、婚姻、事业、老年，所有的人生阶段都必须在日夜的一次循环与晦明的一次交替中完成。如果人们在街上相遇，他们推一推帽檐算是打招呼，接着就又匆忙向前去了。如果人们在谁家相见，他们礼貌地询问彼此的健康，然后就做自己的事去了。如果人们在咖啡馆相聚，他们神经紧张地研究阴影的移动，而不敢久坐。时间是太宝贵了。一生只是应时而至的一瞬。一生只落一场雪。一生只是一个秋日。一生只是像蓦地关上一扇门时，那门影纤细的边缘。一生只是在一举手与一投足之间。

老年来临的时候，不论是在光明中，还是在黑暗里，无论是谁都会发现他原来一个人也不认识。从来就没有时间去认识。父母在正午，或在子夜时去世了。兄弟姐妹，各个奔走四方，搬到遥远的城市，汲汲于抓紧稍纵即逝的机会。朋友们则跟随着时时在改变角度的太阳，而与之俱改。房屋、城镇、工作、爱人都是依一生只有一日之所需而计划的。一个人年老的时候谁也不认识。他与人交谈，却不认识他们。他的一生散落在话片语丝间，被偶尔交错而过的零星人物所遗忘。他的一生分解成仓促的段落，没有几个人曾亲见目睹。他坐在床边的小几旁，听着浴室中放洗澡水的声音，奇怪地问着自己：在他自己的心灵之外，到底有没有东西存在呢？他母亲的拥抱真的存在过吗？他与学校朋友之间笑闹式的竞争真的存在过吗？初次做爱时兴奋得麻酥的感觉真的存在过吗？他的爱人真的存在过吗？他们现在又是在哪里呢？当他坐在床边的小几旁，听着放洗澡水的声音，模糊地看着光线的变化时，他们究竟在哪里呢？

一九〇五年六月五日

在这个世界里，时间是一种感觉。

如果只描绘地点，只描绘河流、树木、楼房的样子和人物的相貌，那么，一切都似乎很普通、很平常：折向东流的婀娜河中散落着点点装载马铃薯和甜菜的船只。阿罗拉松点缀着阿尔卑斯山起伏的丘陵，结实累累的松枝朝上弯曲，好像列列烛台上扬起的臂膀。红瓦天窗的三层楼房静静地坐落在婀娜街上，俯瞰着河中流水。马可巷上店铺的主人殷勤地向每一过往的行人招手，热情地叫卖他们的手帕、钟表、番茄、面包、茴香等等。熏牛肉的气味飘过了前街后巷。一男一女站在克拉姆巷他们家中的小阳台上在争执，他们面带微笑而争执不休。一年轻女孩慢慢地穿过“小堡垒”公园。邮政局的大红杉木门开了又合，合了又开。一只狗在叫。

但是透过不同人的眼睛，所见的景象则迥然相异。比如说，坐在婀娜河畔的一个女子，她看见船只从眼前飞快地过去，快得好像是装在冰鞋上滑过冰面。对另一人而言，船行非常笨拙，好像耗去一下午的光阴几乎只转了一个弯似的。而站在婀娜街上看河的男人却发现：船行的时候，是先向前，又再向后的。

这些看来矛盾的现象，随处可见。现在就有一位药剂师吃过中饭，正走回他在克和巷上的店铺。这是他目中所见的一幅图画：两个女人从他身后奔驰而过，她们狂乱地挥舞着手臂，话说得很快，他因而听不明白她们在说什么。一位律师急跑过街要上什么地方去赴约，他的头朝着这个方向扭摆，好像一个小动物的头似的。一个孩子从阳台上掷下一个球来，啪的一声穿越空气而去如子弹飞过，一晃眼就不见了。他走过八十二号的时候，从窗外往里一瞥，看见里面住的这家人，从一间屋子飞到另一间屋子，坐下一会儿，在一分钟内解决了一顿饭，消失了，又出现了。头顶上的云，以连续不断地吸气与呼气的速度，聚拢来，散开去，又聚拢来。

街的另一边，面包房师傅观察着同样的场景。他注意到两个女人悠闲地踱上街来，她们停下和一个律师说话，然后又接着走了。而律师走进八十二号的公寓，坐在桌旁吃中饭，他走到一楼的窗口，接到街上一个孩子丢过来的球。

但是对站在克和街灯柱下的第三个人而言，刚才说的这些事情只有画面，没有动作：他只看到二女人、一律师、一个球、一个孩子、三条驳船、几幅正巧捕捉到的公寓内景，犹如几张画框在夏日明亮的光线中。

任何事件的发生大概都是这样，因为在这个世界里，时间是一种感觉。

在时间即感觉的世界里，事件的发生，如视觉或如味觉，可能快，也可能慢；可能强，也可能弱；可能咸，也可能甜；可能有原因，也可能没有原因；可能照次序而来，也可能随兴之所至；全凭观者从前的历史而定。哲学家们坐在市政府巷的咖啡馆里争吵着：在人类的认知之外，时间究竟存在否？谁能说发生的事情是快，还是慢；是有原因，还是没有原因；是在过去，还是在未来？谁能说事情到底发生过没有？哲学家们坐在那里，眼睛半开半闭，比较着个人对时间美学的看法。

有少数人生来就对时间没有感觉。结果呢，他们对空间的感觉提高到令他们自己痛苦的地步。他们躺在高而密的草间，被世界各地闻名而来的诗人和画家追根究底、详盘细问。这些诗人和画家恳求时间失聪者去描述阿尔卑斯山上雪花的形状、照在教堂上方太阳的角度、河流的位置、鸟群的习性、春天里树木确切的生长之处，以及青苔的孳生之地。但是，这些时间失聪者却无法说出他们所了解的现象，因为他们需要在时间的流动中，吐出一长串的字来，然而他们对时间全然没有感觉，所以说不出话来。

一九〇五年六月九日

非常奇怪地，每一个城市的人口均分成两半：“来者”与“今者”。

假定人会永远活着。

非常奇怪地，每一个城市的人口均分成两半："来者"与"今者"。

"来者"如此解释：没有必要急着上大学去念书，急着去学第二种语言，急着读伏尔泰或牛顿，急着求工作的升迁，急着堕入情网，急着成家。因为时间无涯，所有这些事情就都来得及做。时既无涯，所有想做之事总可以期其有成；因此，所有的事情都可以等待。事实上，欲速则不达。何况，谁辩论得过他们的逻辑呢？在任何商店里，或是舞会中，"来者"都很容易辨认出来。他们走路的步伐轻松自在，穿着的衣服宽大舒适。他们喜欢阅读任何一本打开着的杂志，乐于重新组合屋里的家具，适意于即兴而发的闲谈，风度自然得有如一片叶子从树上悠然飘下。"来者"坐在咖啡馆里啜饮着咖啡，畅论着无穷人生中无尽的可能。

"今者"注意到的却是：因为生命无限，所以他们可以做所有想象得出来的事情。他们会建立无限多的事业，他们会结无数次的婚，他们会无限度地改变自己的政治观点。人人又是律师，又是砌砖匠，又是作者，又是会计师，又是画家，又是医生，又是农夫。“今者”经常在阅读新出版的书籍，在研究新成立的行业，在学习新的语言。为了要品尝生命无限的滋味，他们尽早开始，而且绝不拖延。何况，谁怀疑得了他们的逻辑呢？“今者”很容易辨识出来。他们是咖啡馆的主人、大学教授、医生与护士、政客，以及无论何时一坐下来双腿即抖个不停的人。 他们活过一个又一个不同的生涯，对生命的热爱使他们不愿错过任何一鳞半爪的机会。当两个“今者”在查林杰喷泉的六角柱旁偶然相遇时，他们比较个人所掌握的人生，他们交换消息，而且不时地看手表。但当两位“来者”在同样的地点相遇时，他们沉吟未来，而眼光却不时地追逐着喷泉水柱抛出来的曲线。

“今者”和“来者”倒有一共同之处：即是无限的生命带来了无限长的亲戚名单。祖父母永远不死，曾祖父母、叔伯祖父母也都永远健在，上溯到无限世代的列祖列宗，他们全都活着，而且给你出主意。儿子永远逃不出父亲的阴影，女儿也逃不出母亲的阴影。因此之故，也就从来没有一个人做成他自己。

当一个男子要开创一番事业时，他觉得他非和他的父母、祖父母、曾祖父母、上至所有的祖宗都商量商量不可，以便从他们的错误中记取教训。因为没有一新事业可以称之为新事业，无论何种事业家族中总有个前辈已经尝试过了；然而事实上，无论何种事业也都已经成就过了；但是，他们都付上了惨重的代价。因为在这样一个世界里，壮志代代消沉，雄心世世衰退，祖宗的文采再辉煌，功勋再彪炳，也将经不起如此消磨而递减净尽。

当一个女儿想要母亲的指导时，她所得到的不可能不是冲淡了的意见。她的母亲一定要问她自己的母亲，而这母亲又一定要问她自己的母亲，如此这般推到从前的从前。儿子和女儿都不能自己做决定，他们也无法从父母那里得到充满信心的教诲。父母不是“确定”的来源，因为来源之所出处，上溯起来，多至百万。

在一举一动都得请教一百万次的地方，生活的一切永远处在未定的状态。河上的桥盖了一半就忽然停止了。楼高九层却没有屋顶。食品商所囤积的姜、盐、鳕鱼和牛肉，随着每一次心意的更易而更易，随着每一次咨询的改变而改变。而一句话总是无法说完。就在婚礼举行的前几天，婚约却毁了。穿街过巷时，人们会忽然转过头，偷偷看看是否有什么人在监视、在盯梢。

这些都是为不朽而付出的代价。没有一个人是完整的，也没有一个人是自由的。韶光飞逝中，有些人悟出了唯一的生存之道就是死亡。而在死亡中，不论男女都能从过去的桎梏中解脱出来，从昔日的囹圄中释放出来。这些少数人，在亲爱的戚友围观之下，有的跳进康斯坦茨湖中，有的跃下雷玛峰，结束了他们本属无限的生命。如此，有限战胜了无限；几百万季的秋日已过，不会再有秋日；几百万回的冬雪已落，不会再有冬雪；而几百万言的箴诫已说尽，也不会再有箴诫了。

一九〇五年六月十日

假定时间不是数量，而是一种性质，就好像初升的月亮刚上树梢时所发出的那种夜的光辉。

假定时间不是数量，而是一种性质，就好像初升的月亮刚上树梢时所发出的那种夜的光辉。时间是存在的，但却无从量度。

就像现在这样一个阳光明朗的下午，一个女人站在火车站广场中间，等待着要与一个特别的男人会面。是不久以前，这个人在开往福瑞堡的火车上看见她的，在一阵神魂颠倒之后，他提出要带她去“大堡垒”花园约会。从他声音的迫促和眼神的热切中，这女人知道他的意思是他马上就会来。所以她就在这儿等他，不是没有耐心地，她看着书打发时间。不久以后，也许是第二天了，他来了，两人把着臂，走到花园里去。他们踱着步，行过一丛丛的郁金香、玫瑰、百合、耧斗花，然后在一白杉木制的长条椅上坐下来，不知坐了多久，过去了的时间是不可量度的。光线移动了，天空变红了，夜色降临了。这一男一女沿着小白石子铺的蜿蜒小径走向一小丘上的餐馆。他们在一起是已历一生一世了，还是只有短暂的瞬间，谁又能说呢？

透过餐馆的铅条窗棂，这男子的母亲看见他与一女人坐在一起。她紧紧绞握着自己的双手，嘴在呻吟，因为她要她的儿子在家。她看他根本还是个孩子。自从家里有了他以后，自从他与父亲玩过投球接球的游戏以后，自从他上床前必给母亲揉背以后，时光曾否消逝？这母亲透过餐馆的铅条窗棂，捕捉到烛光中儿子小孩似的天真的笑脸，她确实知道时光不曾消逝；她的儿子，她心上的宝贝，是属于她和她的家的。她就伫立在餐馆外面等待，紧紧绞握着双手；而她的儿子，在夜色渐深渐浓中、在刚认识的这女人亲密的陪伴中，刹那间突然长大了。

街的那头，在阿伯格巷上，两个男子为了货运来的一批成药在争吵。收货的人很生气，因为成药在售货架上的寿命很短，而这批药运到的时候，已经过了期，没有用了。他很久以前就等着这批药；事实是：他在火车站上等了一段时间，其间斯比达巷二十七号的灰发女人进出了不知多少趟，阿尔卑斯山上光线的图案变化了不知多少次，而空气也由温暖，而凉爽，而潮湿了。至于送货的人——一个既矮且胖的小胡子，觉得他受了侮辱了。因为他一听见市场上遮阳篷撑起时的声音，就在巴塞尔的他的制药厂内把货品装了箱。他把这些箱子都送上火车的时候，天上云彩的位置仍然和他签约的时候一样，还不曾移动呢。他该做的都做了，还能怎么样呢？

在一个无法测量时间的世界里，没有钟表，没有日历，也没有确定的约会。事件因其他的事件而引起，不按时间而发生。在石材和木料运到工地以后，房屋的建造于焉开始；当采石工人需要钱用了，采石场就送来石材。当律师的女儿笑他的头渐秃的时候，他就离家来到最高法院，为一个案子而辩论。学生考试及格以后，伯尔尼的中学教育即算完成。所有的车厢都装满了乘客的时候，火车才驶出广场车站。

在时间即性质的世界里，记事或凭天空的颜色，或凭婀娜河上船夫呼唤的音调，或是一个人走进屋时或快乐、或恐惧的感觉。一个婴儿的出生、一件发明的专利、两个人物的相遇，都不是分秒所记载下来的、时间之流中的几个定点；而是事件滑过想象的空间，因一凝视或一渴望而化为具体事实。同样地，两桩事件之间所距时间的长短，全凭这两桩事件背景的远近、光度的强弱、光线与阴影的深浅，以及参与其间人物的观点角度。

有些人想把时间变成数量，想分析时间，想解剖时间。他们都化成了石头。他们的身体凝冻在街角，既冷、且硬、又重。在时间之流中，这些石像会被送到采石工人那里，而这些工人会把石像平均切割成几等分，等他们需要钱用时，再把这些石块卖掉去盖房。

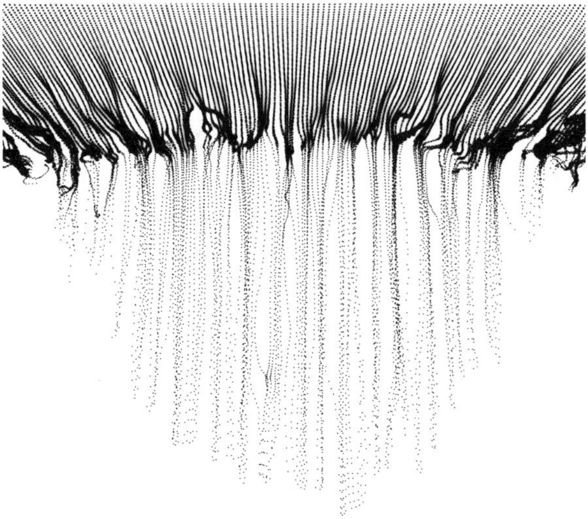

一九〇五年六月十一日

在这个世界里，不论是在真实的生活中，还是在想象的脑海里，时间均是结束于现在的一条线。

在克拉姆巷和戏院广场的转角处，有一个小型的露天咖啡座。座中有六张蓝色的桌子，而大橱窗前的花台上有一排蓝色的喇叭花。在这个咖啡座上，你可以听到，也可以看到伯尔尼城的一切。克拉姆巷上从一拱门飘过另一拱门的人们，一路与同伴说话，间或停下来买一些麻布、或手表、或肉桂。克和巷内的小学，在晨间休息时放出来一群八岁的小男孩，他们排成一行，跟着老师穿街过巷，走到婀娜河的河岸。烟，从河对岸的磨坊慵懒地升起；水，从查林杰喷泉的喷水口汹涌地冒出；而克拉姆巷的巨大钟楼每隔一刻钟即响了起来。

假如，你能暂时忘却这个城市的声音与气味，你就会看到一幅奇妙的景象。克和巷的街角有两个人，正要分别，却分别不了，好像一旦分别，彼此就再也见不到面了。他们说了再见，开始朝相反的方向走去，然后二人又不约而同地匆忙折回，拥抱在一起。附近，一个中年妇人坐在一喷泉的石座边上，默默地哭泣。她的变得斑黄的双手，紧抓着石座，抓得太紧了，血从手上迸出来，而她绝望地呆视着地面。她的寂寞是让人相信她再也见不到任何人了的永恒的寂寞。两个穿着毛衣的女人，手挽着手，漫步走下克拉姆巷，从她们狂放无羁的大笑声中，令人觉得她们好像从无一念思及未来。

事实上，这是一个没有未来的世界。在这个世界里，不论是在真实的生活中，还是在想象的脑海里，时间均是结束于现在的一条线。在这个世界里，没有人能想象未来。想象未来并不比在光谱的紫色线条以外又看见别的颜色更为可能：光谱上眼睛可见的颜色以外，若还有别的什么，感官也感知不到。在没有未来的世界里，每一次朋友之间的生离，就是死别。在没有未来的世界里，每一次感受到的寂寞，是彻底的寂寞。在没有未来的世界里，每一次的笑声，是最后的笑声。在没有未来的世界里，现在之外，只有空无；而人人拥抱着现在，好像悬吊在千仞危崖之上。

一个无法想象未来的人，是一个无法考虑行为后果的人。有些人就因此而麻痹了，而无所作为，也无可作为了。他们竟日躺在床上，非常清醒，但却不敢穿上衣服，起来行动。他们只喝咖啡，只看照片。另有一些人，早晨从床上跳起来，他们不去想自己的每一行动必将导致空无，也不去管他们根本无从打算自己的人生。他们一刻一刻地活下去，而每一刻的生命都是丰足饱满的。另外还有一些人，以过去代替未来。他们细数每一个记忆、每一次行事、每一个原因和每一个结果，而惊奇于这些事件怎么把他们带到眼前这一瞬间——世界的最后一刻、时间之线的终点的。

在这有六个露天座位和一排喇叭花的小咖啡馆中，一个年轻人坐在那里，面对着他的咖啡和点心，他百无聊赖地一径观察着街上的形形色色。他看见那两个穿着毛衣、在笑的女人，他看见喷泉旁的中年妇人，他也看见那两位重复说再见的朋友。就在他坐着的时候，一片乌黑的雨云笼罩了全城。可是这年轻人依然坐在他的座位上，完全没有离座躲雨的意思。他只能想象现在，而此刻，所谓现在是渐渐变黑的天空，可是没有雨。就在他啜着咖啡，吃着点心的时候，他惊奇地看着这世界是如何在黑暗里结束。还是没有雨。在渐渐变弱的光线里，他眯着眼睛看他的文章，努力去读他这一生所能读的最后一个句子。然后，雨来了。这年轻人跑进屋里，脱下了他的湿外套，惊奇地看着这世界是如何在大雨里结束。他跟大厨讨论饮食之事，但并不在等雨停，因为他没有什么要等待的。在没有未来的世界里，每一刻都是世界结束的一刻。二十分钟以后，带起狂风暴雨的乌云飘过去了，雨停了，天空亮起来了。年轻人回到他的座位，又惊奇地看着这世界是如何在阳光里结束。

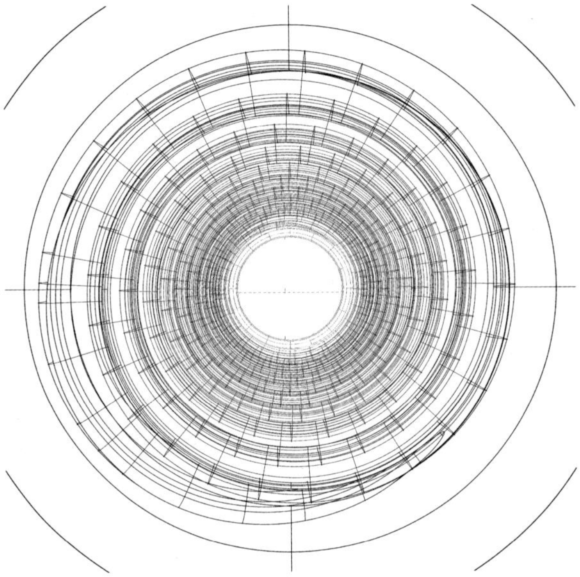

一九〇五年六月十五日

在这个世界里，时间是看得见的坐标的一维。

在这个世界里，时间是看得见的坐标的一维。正如一个人向远处望去，所看到的房屋、树木、山峦都是空间里的标记；那么一个人如果往另外一个方向望去，他可能看到出生、结婚、死亡这些时间里的标记，朦朦胧胧地向前延展到遥远的未来。又如一个人可以选择长留一处，或奔向他方；那么这个人也可以沿着时间坐标，选择他自己的动向。有些人深恐远离舒坦自在的某一时刻而拒绝走向异乡与异时。他们停在靠近某一时间的地点，与他所熟悉的场合几乎是寸步不离。其他的人呢，冒冒失失地扬鞭驰入未来，来不及为一桩桩飞逝而去的事件作准备。

在苏黎世的理工学院里，一个年轻人和他的指导教授坐在一小图书馆中，安静地讨论这年轻人的博士论文。现在是十二月，镶着白色大理石板的壁炉里燃烧着熊熊的火焰。年轻人和他的老师坐在悦目的橡木椅里，旁边是一张圆桌，桌上铺满了写着计算式的稿纸。年轻人的研究很难做。十八个月来他每个月都和他的教授在这间屋里聚谈一次，向他的教授求引导，也求希望。然后他回去工作一个月，下次见面时又带来新的问题；而教授总是提供新答案。今天亦复如是，教授如此这般的解释给他听。在他老师说话的时候，这年轻人凝视着窗外，看着又想着积雪是如何依恋着大楼旁的针枞来。忽而又怀疑起自己一旦得到了学位，将如何独立做研究。这年轻人坐在椅子里，踌躇地向前跨进了时间。他在未来仅待了几分钟，就因为那又冷、又不确定的感觉而战栗，而却步了。他拉回自己。停留在这温馨的刹那、在这温暖的炉火旁、在老师温和的教导中，要比迈入未来好得多。在时间里停止不动，要比朝前而行好得多。于是，这年轻人就停驻在这一天的小图书馆里。他的朋友从旁走过，朝屋里略微看了一下停在此刻不动的年轻人，随即以他们自己的速度继续走向未来。

在伯尔尼的维多利亚街二十七号，有一个年轻女人躺在床上。她双亲争吵的声音，由下而上，直飘到她的屋里来。她堵住耳朵，眼睛瞪着桌上的一张相片，一张她孩提时与父亲和母亲蹲在海滩上所摄的相片。她屋里的一面墙靠着一栗木衣柜，衣柜上放着一瓷脸盆。墙上的蓝漆，龟裂，或剥落。床脚旁是一打开的箱子，装了半箱衣服，她瞪着相片看，然后走出房间去，走进时间中。未来在向她招手，她就做了决定，她来不及收拾好箱子，就冲出了她的家——她生命中的这一点，一直冲向未来去。她向前冲过了一年，冲过了五年，冲过了十年，冲过了二十年，最后才刹住了脚步。但是她冲得太快了，快得一直到了五十岁，才慢了下来。然而，百事千端从她的眼前奔驰而过，但她几乎都没有看见。一个头发渐秃的律师害她怀了孕后，即一走了之。大学里印象模糊的一年。在洛桑一小公寓里住了一段日子。有个女友在福瑞堡。稀稀落落地看过几次头发已灰白的父母。她母亲去世的那家医院的病房。苏黎世潮湿的公寓，她父亲死亡的地方，大蒜的气味。住在英国什么地方的女儿写来的一封信。

这女人喘着气。她今年五十岁了。她躺在床上，费劲地想着她这一生。她瞪着一张相片看，一张她孩提时与父亲和母亲蹲在海滩上所摄的相片。

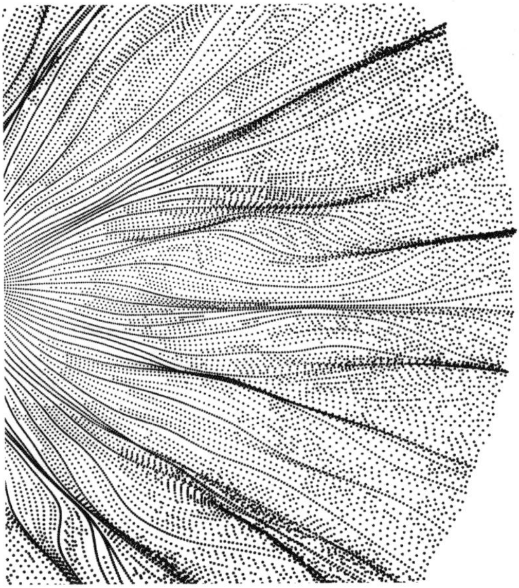

一九〇五年六月十七日

时间是一连串的神经纤维：从远处看好像是连续的，但从近处看却是脱了节的；纤维与纤维之间，是显微镜下才看得到的空隙。

这是伯尔尼的礼拜二早晨。马可巷里手指沾满面粉的面包房师傅正对着一个女人大吼大叫，这女人上次的欠账还没有还清。他打着自己的手臂，而这女人却不声不响地把她新买的烘面包放进袋子里。面包房外面，一个孩子穿着冰鞋在地上溜来溜去，而且溜着追赶从一楼窗户丢出来的一个球，孩子的冰鞋咔咔敲响在石头地上。马可巷的东端，也就是连着克拉姆巷的转角处，一男一女在一拱门的阴影底下紧紧地靠着。两个男子胁下夹着报纸走过去了。向南三百米处，一只啭鸟懒洋洋地飞过娴娜河。

世界停止了。

面包房师傅的嘴停在半句话上，孩子的腿浮在半步间，球则悬在空中。男人和女人成了拱门底下的雕像。两个男子也变成了雕像，他们的对话忽然停止了，好像留声机的唱针被人举起。鸟在飞翔中冻结了，定在那里好像舞台上的道具挂在河上。

一微秒之后，世界又开始了。

面包房的师傅继续他的长篇大论，好像任什么事也不曾发生过。所以，孩子也是一样，仍然在追赶那个球。那个男人和女人彼此靠得更紧了一些。两个男子继续辩论着牛肉市场涨价的问题。那只鸟扑打着翅膀，继续它飞过婀娜河时所划出的弧线。

几分钟以后，世界又停止了。然后又开始了。停止了。开始了。

这是一个什么样的世界？在这个世界里，时间不是连续的。在这个世界里，时间是不连续的。时间是一连串的神经纤维：从远处看好像是连续的，但从近处看却是脱了节的；纤维与纤维之间，是显微镜下才看得到的空隙。神经的动作流过一个时段，突然停止了、顿住了、跳过了一个空当，在下一个时段里再恢复动作。

时间里的跳脱现象非常微小，所以一秒钟得放大、分解成一千份，而每一份再分成一千份，丢掉的这一份时间才有可能看到。时间里的跳脱现象非常微小，所以时段与时段之间的空隙，实际上是看不出来的。时间每一次再开始以后，新的世界看起来与旧的世界是相同的。云彩的位置和动态看起来与以前完全一样，而鸟儿的飞翔、言语的流动，以及思想的运作也都是这样的。

时段与时段之间连接得近乎完美，但还是不能称为完美。非常轻微的位移现象随时在发生。比如说，在伯尔尼的这个礼拜二,一对年轻男女，大约二十多岁，站在格保巷的街灯下。他们一个月前相识的。虽然他不顾一切地爱着她，但是他的感情曾被另一女子伤害过，那女人一声不吭，就弃他而去了；所以他变得恐惧爱情。他一定要弄清楚这女人是否真的爱他。他研究她脸上的表情，在心里默默地祈求她会表露自己真实的感觉。他寻觅最微小的信息：她眉间轻轻的一动、她颊上模糊的红晕、她双眼中的由润而湿。

事实是：她也爱他，但是她无法用言语来表达爱情。她就对他微笑，却没有感觉到他的恐惧。在他们站在街灯下的时候，时间停止了，又开始了。这之后，他们的头所倾斜的角度与以前完全相同，而他们心跳的周期也与以前无异。但是在此女子心渊的深处，却有一先前不曾存在过的微弱的想法出现了。这年轻的女子，在不知不觉中触及这个新起的想法，就在她失神的时候，一缕游丝般的空洞划过她的笑容。这略一迟疑除非是极细腻的审视，几乎是看不见的；但是这心里着急的年轻人却注意到了，而视之为她并不爱他的信息。他告诉这年轻的女人他不能再见她了，他回到军械库巷上他自己的小公寓中，他决定搬到苏黎世，到他叔叔的银行去工作。年轻的女人从格保巷的灯柱下一路慢慢地走回家，她奇怪着：为什么这年轻人不爱她了。

间奏曲

爱因斯坦和贝索坐在泊于河心的小渔船上。贝索在吃干酪三明治，爱因斯坦噗地一声喷了一口烟，慢慢将钓线收起，卷上一诱饵来。

“你平常在这里，就在这婀娜河中间，钓不钓得到东西？”贝索问，他以前没有和爱因斯坦一起钓过鱼。

“从来没有钓到过．”爱因斯坦回答他，同时继续把钓线抛进河中。

“也许我们应该移到靠近岸边才好，到那些芦苇附近。”

“可以啊，”爱因斯坦说，“不过在那边我也从来没有钓上过东西来。那个袋子里还有三明治么？”

贝索递给爱因斯坦一个三明治和一罐啤酒。他因为要求爱因斯坦星期天下午带他一起来钓鱼，而感到有些不好意思。爱因斯坦本来的计划是单独去钓鱼的，那样他好思考。

“快吃，”贝索说，“你需要休息一下罢，拖进那么多鱼来。”

爱因斯坦垂下了他的诱饵，把竿柄搁进贝索的腿间，然后吃起来了。有好一会儿，两个朋友都沉默着。一只小红艇飘过他们身边，激起了一些水花，他们的小渔船也一上一下地摇晃着。

中饭以后，爱因斯坦和贝索挪动了小船里的座位，躺着看天。因为，爱因斯坦今天已经不打算再钓了。

“你看云朵都是些什么形状，麦可？”爱因斯坦问。

“我看见一只羊在追一个皱着眉头的人。”

“你是一个很实际的人，麦可。”爱因斯坦眼睛望着天上的云朵，但脑子里却想着正做的研究。他很想告诉贝索他所做的梦，但又不知从何说起。

“我想你那有关时间的理论，一定会研究成功的，”贝索说，“一旦成功了，我们要一起去钓鱼，那时你要解释给我听。等你成名了，你会记得你是第一个告诉我的，就在这小船上。”

爱因斯坦笑了，而天上的云彩随着他的笑声前摆后摇。

一九〇五年六月十八日

他们不看表，因为他们没有表。他们不听钟楼送出的钟声，因为钟楼不存在。钟和表都是禁止的，除了“时间庙堂”里的“洪钟”。

从罗马市中心的大教堂开始，一列以万计的群众所形成的队伍，向外一直延伸开来，好像一口巨钟的钟面上的指针似的，指向城市的边缘，且迈出城外去。但是这些极有耐心的朝圣者是向里走，而非向外。他们正等着轮到自己以进入“时间庙堂”。他们等着要向一“洪钟”鞠躬致敬。他们跋涉了长远的路，甚至远从其他的国家，来到此圣地。这队伍蜿蜒地穿过纤尘不染的街道，现在人人安静地站在那里：有的在看祈祷书，有的抱着孩子；有的在吃无花果，有的在喝水。他们等待的时候，好像忘记了时间的消逝。他们不看表，因为他们没有表。他们不听钟楼送出的钟声，因为钟楼不存在。钟和表都是禁止的，除了“时间庙堂”里的“洪钟”。

庙堂里，十二个朝圣者绕着“洪钟”围成一个圆圈，每个代表这巨大的金属和玻璃钟面上的一个数字。圆圈里面是一沉重的青铜钟摆，从十二米的高处向下左右摇荡，一晃一晃地在黯淡的烛影中摇出些许光芒。朝圣者的吟诵应和着每一次钟摆摇晃的时间，他们的吟诵应和着每一次钟上所增加的时间。朝圣者的吟诵应和着每一分钟从他们身上减去的生命。这是他们所作的牺牲。

在“洪钟”旁相聚了一小时之后，这十二个朝圣者离去了，另外十二个再鱼贯进入高高的庙堂之门。这个朝圣的行列已经继续数世纪之久了。

很早、很早，也就是在有“洪钟”以前，时间是以天体的变化为标准来测量的：星星划过夜空的缓急、太阳转移弧度的大小和光线的强弱、月亮的盈亏、潮汐的涨落以及四季的更替。同时呢，时间也用其他的因素为标准来量度：比如心脏的跳动、困与眠的节奏、重复出现的饥饿的感受、女人一月一经的周期，以及寂寞持续的久暂。然后，在意大利的一座小城中，第一个机械钟制造出来了。全城的人都好像中了魔似的，陷入了蛊惑的状态。不久，全城的人又都好像受了惊似的恐惧起来。这个人为的发明使消逝的时间成为可以计算的数量。这个人为的发明把圆规方矩置诸人类的欲望之上而加以量度。这个人为的发明使每一人生中的每一刹那，都可以正确无误地测出。这简直成了魔术，这简直令人无从忍受，这简直逾出了自然律之外。虽然如此，时钟的发明却不能由人忽略，它一定得让人朝拜。于是钟的发明者让大家说动了心而制造出“洪钟”来。继之，他被杀了，所有其他的钟也毁了。来罗马朝圣之大事于焉开始。

由许多方面看来，人有“洪钟”以后的生活与有“洪钟”以前的生活大致相同。每个城镇的大街小巷都点缀着儿童的喧哗笑语；家人不时地相聚，共食熏肉，同饮啤酒；男孩子与女孩子在拱门前庭的两端彼此偷望；画家以绘画装饰着房屋与大楼；哲学家只管自己沉思与冥想。但是每一次呼吸、每一回跷腿、每一个浪漫的欲念都牵动了人心里一个轻轻扭紧的结。每一个行动，不论多微不足道，已经永远不再是自由的了。因为所有的人都知道：在罗马城中心某一大教堂中，摇晃着一个沉重的青铜钟摆，它与各种齿轮和轮掣精巧地连接着。他们知道这大教堂中，摇晃着一个沉重的青铜钟摆，而这钟摆，量度着他们的生活，量尽了他们的生命。而每一个人都知道：他一定要面对生命中的一些空当，他一定要利用这些空当去向“洪钟”致敬。不论男女都要去一趟“时间庙堂”。

所以，不论在哪一天，不论在哪一天的哪个时辰，总有一列上万人的队伍从罗马的中心，像光线一样地向外延展；总有一列朝圣者等着向“洪钟”鞠躬致敬。他们安静地站在那里，看着祈祷书，抱着自己的孩子。他们安静地站在那里，内心却酝酿着将爆的雷霆。因为他们必须要来朝拜那本来不该被测量而竟然被测量了的时间。他们必须来看分秒与年月准确地流向消逝。他们踏入自己大胆发明的陷阱，他们必须付出自己珍贵的生命。

一九〇五年六月二十日

在这个世界里，时间是以不同的速度在不同的地点流动。

在这个世界里，时间是一种有局限的区域现象。两个靠得很近的时钟，几乎是以相同的速率滴答作响。但是离得很远的时钟，他们行走的速率却是不同。钟与钟之间相距得越远，他们的步伐就越不一致。这个有关时钟的真理，也适用于心脏跳动的强弱，也适用于吐纳呼吸的快慢，也适用于风在草间的动静。在这个世界里，时间是以不同的速度在不同的地点流动。

自从商业上的来往要求各地有统一的时间以后，城市与城市之间的商业即不存在了。因为城与城间的距离太大了，如果数一千张瑞士法郎期票所需的时间，在伯尔尼是十分钟，而在苏黎世是一小时的话，这两座城市里的人如何能一起做生意呢？所以，每一座城都只有自己。每一座城都是一个孤岛。每一座城都得栽种自己的李子和樱桃，每一座城都得畜养自己的牛群和猪只，每一座城都得建造自己的磨坊。每一座城都得自求多福与自力更生。

有时候，有旅人会从一城游历到另一城去。他会不会因两城时间的不同而弄迷糊了？在伯尔尼几秒钟的事情，在福瑞堡也许要几小时，而在卢塞恩要几天。一片叶子在一处落下的时候，在另一处可能一朵花开了。一声霹雳在一地的余音尚未消逝，在另一地可能一双男女已堕入情网。一个男孩子在此处长大成为男人的时间，也许在彼地只是一滴雨珠滑下了窗玻璃的刹那。但是往来各地的旅人是不知道这个差异的。当这旅人从一时间之景转移到另一时间之景的时候，他的身体适应了当地时间的运转。如果每一次心脏的跳动、每一次钟摆的摇晃、每一次鹭鹚的展翅，都和谐地彼此呼应的时候，征途上的旅人怎么会知道他已进入一个新的时间带？如果人类欲望的步调与塘中波浪的运动在比例上是一致的话，这旅人又怎么会知道两地之间的变化？

只有当这旅人和他所离开的那个城市联络的时候，他才意识到自己是进入了一个新的时间国度。他才知道他不在家的时候，他的服装店生意陡地暴发起来，已不专卖服装了。或者他才知道他旧日邻居的太太刚刚唱完了他跨出前门离家而去时她正在唱的那首歌。直到此时，这旅人才悟出来：他不仅是在空间中斩断了过去，而且在时间中亦已斩断了过去。没有旅人回到他所来自的城市。

有些人喜欢孤立。他们争着论定自己的城是所有城市中最伟大的，那么他们为什么要与其他的城市有所交流呢？什么丝会比他们自己工厂生产的丝更柔软？什么牛会比他们自己草原喂养的牛更强壮？什么表会比他们自己商店买卖的表更精细？这样的人在早晨太阳升上山巅时，站在他们自家的阳台上远眺，而他们的双眼却从来不曾越过所居小城的郊野。

其他的人则喜欢与人接触。他们无休无止地询问那些偶然飘进此城的旅人各种问题：问他所曾去过的地方，问他各处日落的颜色，问他人与动物的高度、所说的语言、求爱的风俗，以及新鲜的发明。在时间的长流中，那些好奇的人里，有一位为了亲眼目睹而启程了。他离开了自己的城市，前往他处去寻幽探胜而亦成为旅人。他从未回去。

这个因区域不同而时间不一致的世界，这个全然孤立的世界反而产生了变化多端的生活方式。因为城与城之间互不相涉，使各地的生活自然发展出千姿百态。人们也许在一座城里，彼此住得很近；而在另一座城里，住得很远。人们也许在一座城里，穿着朴实；而在另一座城里，什么也不穿。人们也许在一座城里追悼敌人之死；而在另一座城里，他们既无朋友，也无敌人。人们也许在一座城里步行；而在另一座城里，搭乘一些奇怪的交通工具。仅仅相距百里的区域之间，即存在如此多姿多彩的风貌。仅翻过一座山，只渡过一条河，生活就是另外一回事了。但是，这些不同的生活方式，彼此不沟通；这些不同的生活方式，彼此不分享；这些不同的生活方式，彼此不滋养。因孤立而引起的丰富的内容，也因同样的孤立而奄奄一息了。

一九〇五年六月二十二日

在这里，时间是坚硬的、如骨骼一样的结构：时间向前伸展到无限，向后延长到无穷；于是，使过去和未来都变成了化石。

那是阿格西斯中学举行毕业典礼的日子。一百二十九个男孩，穿着白色的衬衫，打着褐色的领带，站在大理石的台阶上。校长在念着他们的名字，他们在太阳底下显得烦躁不安。前庭的草坪上，父母和亲友们，有心不在焉地听着的，有眼睛看着地出神的，有坐在椅子里打瞌睡的。学生代表用一种单调的声音在致离别辞。典礼中，他似笑非笑地接过了奖章；典礼以后，他也就顺手把它扔进树丛里。没有人向他道贺。男孩子们，以及他们的爸爸、妈妈、姊姊、妹妹，一个个鱼贯而出，他们走回市政府巷和婀娜街的家去，或者走向车站广场附近候车的长椅。中饭以后，他们就坐着，玩扑克牌消遣，打打盹。讲究的衣服折好了、收起来，留待下次有重要场合的时候再穿。夏天过完的时候，有些男孩会去伯尔尼，或者会去苏黎世的大学念书；有些会帮自己的父亲做事；有些则会到法国或德国去找工作。这些片段不痛不痒地、机械性地发生，就好像钟摆来来回回地摇晃；就好像在一盘棋局里，所下的每一棋子皆属必然。因为在这个世界里，未来是固定了的。

这是一个时间不流动的世界，事件因而没有发展的余地。在这里，时间是坚硬的、如骨骼一样的结构：时间向前伸展到无限，向后延长到无穷；于是，使过去和未来都变成了化石。每一个行动、每一个思想、每一回风的呼吸、每一次鸟的展翅都是命中注定的，完全而且永久。

在市立剧院的表演厅里，一个芭蕾舞女飞舞过台前，腾越于空中。她在空中悬了片刻，接着飘落在地板上。“跳跃”、“踢腿”、“跳跃”。双腿交叉、颤动，双臂展开成一半开的圆拱。现在她准备做一“回旋”：右腿向后移到第四位置，左脚向外踢出去，双臂进来加速这一转。她就是准确的代表。她就是钟。在她脑海里，她跳舞的时候想过：她应该在某次跳跃时，在空中多停一下；但是她不能多停，因为她的动作根本不属于她。她的身体与地板，或者与舞台空间的相互关系是早已注定为十亿分之一英寸，其间并无余裕让她多停。多停片刻就是不确不准，而在此世界中，凡所举止无不准确。所以，她以无可避免地如钟一样的准确，在台上满场飞舞，却没有一次意料之外的腾跃，也没有一次意料之外的尝试。她准确地落在该落之处，绝不梦想一个不在计划中的“飞腾”。

在未来是固定的世界里，人生是一长廊，屋屋相连，永无止境：每一刻有一间屋子亮了，而下一间屋子虽在黑暗中，却准备好下一刻的光亮。我们从一间屋子走到另一间屋子，看着正亮着的一间，即是现在此刻，然后又继续往前走去。我们并不知道前面的屋子是什么样，但是我们知道我们不可能对前面的屋子做任何改变，或有任何影响。我们成了我们自己的人生之旁观者。

在克和巷里一药房工作的药剂师，在下午休息的时间穿过城去。他在马可巷上卖钟表的店铺停了一会儿，在隔壁的面包房买了一个三明治，又继续走向树林和河那边去。他欠朋友钱，可是却想给自己买东西。他在路上散步的时候，欣赏自己身上的新大衣，于是就决定他可以明年再还他朋友钱，或者，也许根本就不还。谁又能责备他？在未来是固定的世界里，不可能有是或非，也无所谓对或错。对和错都需要有选择的自由，但是如果每一行动都已经选定，那就不可能有选择的自由了。在未来是固定的世界里，没有一个人是负责任的。各房各屋都已经安排好了。当药剂师沿路穿过邦恩巷方场、呼吸着森林里潮润的空气时，所有这些想法都涌了出来。他几乎要给自己一个赞美的微笑了，因为他太喜欢他所做的决定了。他呼吸着潮润的空气，感觉到爱做什么就做什么是一种奇怪的自由，是在没有自由的世界里的自由。

一九〇五年六月二十五日

时间来回跳动如光线折射，产生出无数的影像、无限的乐曲、无穷的想法来。这是一个数不清的复制的世界。

星期天下午。穿着礼拜日最好的服装，吃过礼拜日丰盛的晚餐，人们走下婀娜街，随着河流温柔的私语，他们轻声地在交谈。商店全已打烊。三个女人走下马可巷，停下来看广告，停下来一窥窗子里的动静，然后悄悄地往前走去。一个小客栈的主人擦洗他的台阶，坐下看一张报纸，靠向一面砂岩墙壁，闭上了他的眼睛。所有的街道都睡着了。所有的街道都睡着了，只有暗夜里小提琴奏出的旋律飘荡在空气中。

在桌上摆满了书的屋子中间，一个年轻人站着拉他的小提琴。他爱他的小提琴。他拉出温柔的乐曲来。他拉琴的时候，从窗户里望出去，看见了下面的街道，注意到一对男女靠紧了；他的深褐色的眼睛看着他们，然后转开了，望向别处去。他静静地站着。他的音乐是惟一的动态，他的音乐充满了整个屋子。他静静地站着，想到他的妻和襁褓中的儿子，他们都在楼下的屋子里。

他拉着琴的时候，另一个男人，跟他差不多的，站在屋子中间，拉着他的小提琴。这个男人望着下面的街道，注意到一对男女靠紧了，他转一下眼睛，望向别处去，他想到他的妻子和儿子。他正在拉着琴的时候，第三个男人站着拉他的小提琴。事实上，还有第四个、第五个；还有数不尽的年轻人站在他们的屋子里拉小提琴。还有无限的乐曲和无穷的想法。这一个钟头，当这些年轻人拉着他们的小提琴的时候，并不只是一个钟头，而是许多个钟头。因为时间好像两面镜子之间的光线一样。时间来回跳动如光线折射，产生出无数的影像、无限的乐曲、无穷的想法来。这是一个数不清的复制的世界。

第一个人在想的时候，他感觉到其他人的存在。他感觉到他们的音乐和他们的想法。他感觉到自己被重复了一千次，感觉到这个摆满了书籍的房间也被重复了一千次。他感觉到他的想法也在重复。他应不应该离开他的妻子而去？在理工学院的图书馆里，她隔着书桌看着他的那一刻又如何呢？她一头又浓又密的棕发又如何呢？但是她给了他什么样的安慰呢？孤寂，什么样的孤寂，除了拉小提琴的这一小时之外？

他感觉到其他人的存在。他感觉到自己被重复了一千次，感觉到这间屋子重复了一千次，感觉到他的想法也在重复。哪一个重复是他自己，他真正的身份，他未来的自我？他应不应该离开他的妻子呢？理工学院图书馆里的那一刻又如何呢？她给过他什么样的安慰呢？什么样的孤寂，除了拉小提琴的这一小时之外？他的想法在每一个复制的他自己之间来回跳动了一千次，而随着每一次的跳动，他的想法便减弱一些。他应不应该离开他的妻子呢？她给过他什么样的安慰？什么样的孤寂？随着每一次的折射，他的想法便模糊一些。她给过他什么样的安慰？什么样的孤寂？他的想法渐渐模糊了起来，一直到他几乎不记得原先的问题是什么，或者又为什么问那些问题。什么样的孤寂？他从窗户里望出去，看着空空的街道，拉着小提琴。他的音乐飘荡在空气里，充满了他的房间，而当这一小时，也是数不尽的一小时过去的时候，他记得的只有音乐。

一九〇五年六月二十七日

事件，一发生，即失去了真相，而随着一次回眸、一阵风雨、一段长夜而改变。在时间之流中，过去根本不曾存在。

每一个星期二，有一中年男子把石块从伯尔尼城东的采石场载到霍德勒街的砖楼去。他有妻子，有两个长大了、已离家他去的孩子，一个住在柏林、患着肺病的兄弟。他一年四季都穿着灰色的毛大衣，在采石场上一直工作到天黑，与他的妻子一起吃晚饭，上床睡觉，星期天照顾他的花园。每个星期二早晨，他把货车装满了石块，开进城去。

他进了城，把车停在马可巷里，买些面粉和白糖。他在圣文森特大教堂的后排座位，静静地坐上半小时。他停在邮局，寄一封信至柏林。他走在街上、越过其他的行人时，眼睛总是瞧着地。有些人认识他，想要捕捉他的眼神，或是打个招呼什么的，他嘴里含糊其辞地走开了。甚至当他送石块到霍德勒街时，他无法直视砌砖匠的眼睛。他盼左顾右，对着墙壁说话，回答砌砖工人友善却絮长的问候。石块上秤的时候，他兀自伫立在墙角等待着。

四十年前他还在学校的时候，三月的一个下午，他当堂撒出尿来。他怎么都憋不住。事后，他拼命要留在位子上，但是其他的男孩看见那一摊小水洼，而逼使他绕室而走，一圈又一圈。他们指着他裤子上的湿痕，哄堂大笑起来。那一天的阳光如同流着牛奶的小溪，白花花地泼进窗子里来，溅湿了屋中的地板。两打外套挂在门旁的钩子上。粉笔字划过了黑板——都是欧洲各国首都的名字。所有的书桌都有抽屉，还有一可以旋转的桌面。他那一张书桌的右上角，刻着“约翰”。从蒸汽管里排出的空气是潮湿的、令人窒息的。一座钟，钟面上大而红的时针与分针，指着两点十五分。其他的男孩叫嚣着嘲笑他，他们追逐着裤上有湿痕的他绕室而奔的时候，叫嚣着嘲笑他。他们叫嚣着嘲笑他，叫他“尿泡娃，尿泡娃，尿泡娃”。

那个记忆已成了他的人生。早晨醒来的时候，他是那个尿了裤子的男孩。他走在街上、越过别人而去的时候，他知道他们看见了他裤子上的湿痕。他偷看一眼自己的裤子，然后向他处望去。他的儿女来看他的时候，他待在自己的屋里，隔着门和他们说话。他是那个憋不住尿的男孩。

但是什么是过去呢？可不可能坚实的过去并不是真，而只是幻呢？可不可能过去是个万花筒，是各式各样的意象，因每一次忽起的微风、突现的笑容、与偶然而生的想法而改变呢？如果随时随地都会有改变，我们又怎么知道呢？

在可以改变过去的世界里，这采石工人有一天早晨醒来，不再是那个憋不住尿的男孩了。那一个早已消逝的三月下午只不过是一个下午罢了。在那个早已遗忘的下午，他坐在教室里，老师叫他的时候，他朗诵课文，他与其他的男孩下学后一起去溜冰。现在，他有自己的采石场。他有九套西装。他买精美的陶器给太太，而且带她在星期天的下午作长长的散步。他拜访住在市政府巷和婀娜街的朋友，对他们微笑，和他们握手。他赞助本地音乐厅的演出。

有一天早晨他醒来了，而……

当太阳升起照耀着全城的时候，千门万户人人一边打着呵欠，一边拿起他们的咖啡和烤面包片来。他们挤满了克拉姆巷拱门商场的店铺，他们去斯派克巷工作，他们带着孩子上公园去。每一个人都有很多的回忆：一位无从也无法爱自己孩子的父亲，一个事事都赢、时时都赢的兄弟，一个醉在甜蜜的吻里的爱人，一个窘在考试作弊的时刻，一片新雪落后遍地茫然的寂寥，一腔诗篇发表时乍喜还忧的感触。在可以改变过去的世界里，这些回忆是风中的麦浪，是飞逝的梦痕，是瞬息万变的云朵。事件，一发生，即失去了真相，而随着一次回眸、一阵风雨、一段长夜而改变。在时间之流中，过去根本不曾存在。但是谁会知道呢？谁会知道过去不像现在这一刻这样实在，当太阳光洒在伯尔尼的阿尔卑斯山上的时候，当店铺主人一边哼着歌、一边撑起遮阳篷的时候，当采石工人开始把石块装进他的货车里的时候。

一九〇五年六月二十八日

将一只夜莺罩在钟形罐下，时间就停止了。捉到夜莺的那一刻，时间就为所有即时碰上的土壤、树木和人物而冻结。

“不要吃这么多，”祖母说，一面拍着她儿子的肩膀，“你会死在我前头，那让谁管我的银子呢？”一家人在伯尔尼城南十公里处、婀娜河的河畔野餐。女孩子们已经吃过了中饭，绕着一株针枞在追逐着嬉戏。最后他们转得晕了，就顺势倒在茂密的草丛间。有片刻他们是躺着不动的，然后又在地上滚起来了，一直到再度晕了为止。儿子和他的非常肥胖的太太和这祖母坐在一张毯子上，吃着熏火腿、干酪、芥末抹面包、葡萄，还有巧克力蛋糕。他们正在吃喝的时候，一阵微风轻拂过河面，大家就猛力地呼吸起甜美的夏日的空气来。这儿子脱下了鞋，在草上屈伸着他的脚趾。

倏然间，一群鸟从头上疾飞而过。这年轻人即刻从毯子上跳起来追赶这些鸟，鞋子也来不及穿。他在小山丘那边消失不见了。不久，有很多人狂奔而来加入鸟群的追逐，他们是在城内发现这群鸟的踪迹而一路追赶过来的。

一只鸟落在树上。一个女人爬上了树干，伸出手去抓这只鸟，但这鸟很快地跳上更高的枝头。她又爬高了，小心地跨上一树枝，再往外爬一些。而这鸟却跳回刚才那低枝去了。女人无助地高挂在树上时，另一只鸟却冲向地面，吃起种子来了。两个男人，手上都拿着钟形的大罐，偷偷地走到鸟背后，但对此二人而言，这鸟的动作是太快了，它一飞冲天，隐入群鸟当中。

现在这些鸟飞过城去。圣文森特大教堂的牧师站在钟楼里，想要把这些鸟诱进拱形的窗户之内。“小堡垒”花园中有位老太太看见鸟儿暂栖于灌木丛中，她也拿着一个钟形罐，慢慢地向那些鸟走去。她知道自己没有机会捉住其中任何一只，索性把罐子丢在地上，哭了起来。

这样的困惑并非她所独有，人人如此，同病相怜。真的，无论男女，每人都想要一只鸟。因为这群夜莺即是时间。时间与这些鸟一起鼓翼、一起振动、一起跳跃。所以，将一只夜莺罩在钟形罐下，时间就停止了。捉到夜莺的那一刻，时间就为所有即时碰上的土壤、树木和人物而冻结。

事实上，这些鸟极少让人捉住。只有孩子们有捉住鸟的速度，但孩子们却没有要时间停止的欲望。因为对孩子而言，时间移动得已经太慢了。他们从这一刻冲到下一刻，焦急地盼望着生日和新年，几乎等不及下面的日子。而年纪大的人则是拼命地希望遏住时间的流动，但是他们的动作太迟缓，他们的身体太疲乏，是不可能捉到一只鸟的了。因为对这些年纪大的人而言，时间奔驰而过，是太快太快了。他们渴望抓住在早餐桌上饮茶时的一分钟，或是抓住小孙子脱不下要衣时的那一刻，或是抓住冬阳映雪、亮光洒满了音乐室的一个下午。但是他们太慢了，他们一定是眼睁睁地注视着时间跳跃而去，苒苒飞离了他们的视线。

在夜莺被逮住的那些场合里，捕到鸟的人欣喜于即时冻结的那一刹那。他们享受家人与朋友原来所在的位置，享受他们脸上的表情，享受他们所诱抓到的因为获奖、出生或恋爱而得到的快乐，享受捕捉到的肉桂的辛味与白色重瓣紫罗兰的淡香。捕到鸟的人欣喜于冻结的那一刹那，但是不久即发现：夜莺气绝而死了。它那嘹亮的、笛音似的歌唱渐趋微弱，终至于无声；而捕捉到的那一刹那也由衰而竭，最后没入寂灭的荒漠。

终　曲

远处的钟楼响了八下。年轻的专利局职员从桌上抬起了头，站起来，伸了伸懒腰，走向窗边。

窗外，小城已醒。一个女人递给她丈夫午餐盒时，两人有所争执。一群男孩在去军械库巷的中学上课的路上，将一只足球投来扔去，一边兴奋地谈论着即将到来的暑假。两个女人拿着空的购物袋子，朝着马可巷急促走去。

不久，一位资深的专利局主任走进门来，走向他的办公桌，一言不发，开始工作。爱因斯坦转过身来，看着墙角的钟：八点三分。他搓弄着口袋里的硬币。

八点四分，打字员走进来了。她隔着屋子，看见爱因斯坦拿着手稿。她笑了。她已经在工作余暇为他打了好几篇私人的论文，而他总是很乐意地付她酬金。虽然他有时也说笑，他总是很沉默。她很喜欢他。

爱因斯坦把他的手稿——他的有关时间的理论——交给了她。现在是八点六分。他走向他的办公桌，看了看桌上成叠的案卷，接着走到书架旁，拿下一本专利记录来。他转过身，走回窗边去。六月底了，空气清新如此，不比寻常。一座公寓大楼之上，他看得见阿尔卑斯的峰巅：蓝的山麓，白的山顶。更高之处，是一点黑斑似的小鸟，在天空里慢慢地回旋。

爱因斯坦走回他的办公桌，坐下只片刻，又走到窗边去。他觉得空虚。他既无兴趣审核专利，也无兴致和贝索谈天，更不想去思考有关物理的事。他只觉得空虚；意兴索然地凝视着那远在天际的一点黑斑和阿尔卑斯的一抹山色。

译后记

寻梦与话梦

一九九二年十二月，我在《波士顿环球报》上看到一篇书评，介绍《爱因斯坦的梦》。这是麻省理工学院物理教授艾伦·莱特曼所写的一本小说，内容是他替爱因斯坦所做的三十个梦。整本小说的时空设在一九〇五年瑞士的伯尔尼，正是二十六岁的爱因斯坦在专利局做小职员，提出狭义相对论的那一年。

我喜欢所有与梦相关的题目，因为梦境常常反映出现实见不到或说不清的地方。我很想知道爱因斯坦做的是什么样的梦；而又是什么样的人敢于用小说的体裁下笔？于是迫不及待地跑到哈佛合作社的书店去买书。谁知在书架上看来看去竟没有这本书；店员在电脑上来回地查了一遍，也找不到。等我说出是书评上看来的时候，他居然哈哈大笑起来。说：写书评的总是比买书的先看到书，你也未免太性急了。不过，书一定是在运送途中，元月初再来看看罢。

要我等到元月初，我等不及。就又跑到所住小镇的“瓦尔登书店”去找。这个书店我因为经常去，每个店员都认识，每有新到的书，也是一望即知。虽然如此，我还常把店名错叫成“瓦尔登湖”。这自然是梭罗的《湖滨散记》太有名，而那个湖就在附近的缘故。等我发现他们也没有这本书时，索性又坐电车进了城，到波士顿最大的书店“巴恩斯与诺布尔”去找了。他们也是没有，失望之余，我顺手带回一本《孔子的梦》。本来以为圣诞假期正好可以看《爱因斯坦的梦》，结果是看起《孔子的梦》来。

《孔子的梦》也是一本小说，但并不是中国人写的；而是一位法国汉学家所写，又由美国人译成了英文。《孔子的梦》并不是替孔子做梦；而是涂抹楚汉的战云，烘托秦末的乱世。如果说是梦，也是一个失落了的梦。我越看这本“孔子的梦”，越觉得晕眩，对尚未购到的《爱因斯坦的梦》就越加好奇起来。

元旦假期中仿佛在孔子的梦乡云游了三天似的，直到一月四日早上才就近再访“瓦尔登书店”。吓！《爱因斯坦的梦》居然到了，是放在柜台上最显眼的地方。黑与橘二色对比的封皮上，是一明一暗、一显一隐的两张钟面；令人爱不忍释。我立时买了。

原以为是科学家的直笔勾勒出爱氏的声容与举止；既读之后，才知道是诗人的彩笔，挥洒成爱氏思想的云霞。没有什么变化的情节，也没有什么复杂的结构。干干净净而又恍恍惚惚的是一九〇五年四月十四日至六月二十八日之间所做的三十个梦；是由序曲、三首间奏曲以及终曲贯串起来成一首散文的诗，或者说是一部诗的小说。

当序曲奏起，爱因斯坦于拂晓时分拿着才完成的手稿，至专利局等待打字小姐的到来。这稿子中所写的是有关时间的新理论。我们知道这个理论的发表，从根本上改变了人类对时间的看法。莱特曼把爱因斯坦的时间观分布在三十个不同的世界里，让他的梦做了两个月；而从序曲经三次间奏到终曲，只有人间的两小时。

每一个梦自有其独特的性质。比方在一个梦中，时间有三维，与空间一样是立体的；而在另一个梦中，时间亦如空间，是坐标上看得见的一维。在一个梦中，人没有记忆；没有记忆，也就是没有过去。又在一个梦中，人没有未来；没有未来，时间就永远结束在现在。有一个梦，时间是倒流的，人返老还童，由衰残至茧壮；又一个梦中，人却只活一天。不论时间的性质如何，梦中的人总有相应之道以度其一生。

有些梦中的情景，时常唤起中国诗歌的意境。四月二十六日的梦，有些人在“明镜里欢庆自己的永驻青春，在阳台上欣赏自我的赤身裸体”，使我联想起“高堂明镜悲白发，朝如青丝暮成雪”。李白喟叹人生之短促，而梦中的人虽处心积虑地要战胜时间，不仅徒劳无功，而且被时间彻底击败了。

六月九日的梦里，人是不朽的。他们面对着无限，没有了过去、现在及未来的区别，又使我想起陈子昂的“前不见古人，后不见来者”：前无过去，后无未来，此时此地但有孤绝的自己。反过来再看没有自己、终日但见古人与来者的梦中之人，他们所悟出的生存之道，竟是惟有求死之一途。

六月二十八日的梦里，穿城而过的夜莺就是时间的化身。人人都想抓住夜莺以延长自己的生命，而被抓住的夜莺，却气绝而亡了。

五月十四日的梦不是一个捕捉消逝中的刹那，使其成为永恒的梦；而是把刹那冻结，成了永恒，使其不再消逝。这一个梦写尽了人对美的向往与对爱的追求，到达如何痴狂的地步。他们带着情人、带着儿女，跋涉到时间的中心，将青春钉牢在时间静止之点，把拥抱凝固成永远的姿势；

就像花开得正盛时，就停留在怒放的那一刹那，从此不谢、再也不凋了。

莱特曼笔触的轻重、线条的曲直、颜色的深浅在各梦中运用之不同，一如各梦中内容的迥异。五月四日的梦几乎全是由对话连缀而成；时断时续、若有若无；可以说是梦话连章，但却传达出人生的虚空与无谓。圣莫里茨是瑞士人不喜欢、英国人却喜欢的度假胜地，以温泉与赛马著名。在这个梦里，时光流动也仿佛不在流动似的，大家不死不活地活着。而五月十五日的梦，则是由意象组成的：全篇是一段，其中并无一个动词。因为此梦中没有时间，所以没有动态，整个梦无非是一张张静止的画面而已。

我沉醉在爱因斯坦的“梦”中，弄不清自己是在睡，还是在醒；最后竟发现自己不是在看“梦”，而是在译“梦”了。圣诞节前，我正在赶写博士论文；而此时，论文也就暂时搁在一旁，不管了，跌入“爱因斯坦的梦”境里，我竟然一口气译了六千字，这才想到应该给莱特曼教授写封信，说一说我对此书的喜爱，并问一问我想译此书的程序。

一月十二日我寄出第一封给莱特曼的信。很快地我就收到他的回音；而且不是打字的信，是手写的。他说已经有多种文字的译本正在接洽当中，可是并没有中文的。他很喜欢我写的信，也非常乐意见见我。从他的来信中，我才知道他既教物理、又教写作，同时指导一“写作与人文研究”的课程。这听来好像是科际整合，不过整合的科际非常奇特。也许这正是麻省理工学院之所以为麻省理工学院的原因之一。

二月二日我到麻省理工学院去赴莱特曼教授邀我午餐之约。一百八十来页的小书，我已经译完了一百二十多页了。从哈佛到麻省理工学院，实在是太容易了；但到了以数字为楼名的校园后，还真费了些事才找到他的办公室。

因为楼名虽是数字，而数字与数字并不一定相邻相接。

握过手以后，还未来得及谈话，莱特曼一见到我手里拿着译稿，本来是向外走一起去吃午饭的脚步就又转回办公室来。他一边翻动我的译稿，一边说：

“我不懂中文，但是可不可以请你随意念一段给我听。”

他要听我念中文，我只觉得好奇怪。但还是选了五月十一日的梦，朗诵了起来。这个梦的句子极富有对称之美，念来顿挫抑扬。而我这一朗诵就朗诵了半个梦。

莱特曼听了，对我说：

“你念得真好听啊！我虽然听不懂文字，可是听得出你译文的韵律与节奏。这些地方是我在英文中特别留意的。我想你掌握住了小说中内蕴的诗情。”他又说：“你能不能再找一段你所译的中文译回英文去？”

我真意想不到有这反方向的要求，还来不及反应，他接着说：

“我知道这是不情之请，没有什么道理；但我真的很想听你再将中文译回英文去。”

我就随口译了五月十日之梦的首段，因为我特别喜欢“太阳依偎着阿尔卑斯积雪的山坳，火焰摩挲着冰雪”那样又温柔、又激烈的句子。他高兴地笑了。

谈兴一起，两人全忘了午餐的事。这时我才有机会浏览他的办公室，注意到墙上挂的一些图画与几张摄影。其中有一张黑白照片，是一个女孩，看来十三四岁。她的眼睛望向远方，有一种迷离的神态，非常好看。我忍不住赞美，他才告诉我这是他的女儿，现年十岁。我再三称赞她特殊的美丽，他完全同意，而且加上一句：

“她有一种梦样的气质。”

我倏然想起时间中心的那个梦来。于是我问他：

“相片是不是你照的呢？”

“是的。”

自然是的。犹如梦中年少动人的女儿，恒是父亲心上甜蜜的负担；人间所能留住的，不过是镜框里的红颜。

我谈着每一个梦给我的感觉，谈着每一个梦在我心头烙下的印痕。他不解释，也不批评，只是很有兴味地在听。当我告诉他他的梦描画出人世的荒冷，其实是非常非常悲哀的时候，他忽然说：

“你的译文一定是各国译文中最好的。”

“你怎么知道？”

“因为你的译文有你的生命在里面。”

“谢谢你，我但愿如此。”

像一个梦中的“人间无语”，我这话并没有说出来。但这略一停顿，倒想起午饭了，二人便到学校的餐厅去。说是吃饭，其实是换个地方，再继续谈，不过话题转到他自己。

莱特曼是田纳西州孟菲斯人，说话带一点南方口音。

提起南方，眼前似乎忽然闪出两颗文学恒星来。

“可喜欢福克纳？可喜欢托马斯·沃尔夫？这两位不都是在南方吗？福克纳的家距离孟城不到汽车一小时的路程罢？”

两位他都喜欢。福克纳在世时，称他自己的作品只在一人之下，那一人就是沃尔夫。想来《爱因斯坦的梦》中那些紧凑的节拍、那种苍凉的调子，是像沃尔夫呢？还是像福克纳呢？

莱特曼大学毕业于普林斯顿，拿的是加州理工学院的物理博士。一九七六年来到哈佛，一九八九年转去麻省理工学院。我问他：

“在普大时念什么？”

“物理。”念物理的人，写出这么好的小说来。大概我露出惊异的神色，他继续说：

“我一直都爱物理，学的是我所爱的；不过，我也爱文学。”

“那你还有没有别的文学作品呢？”

“我从前爱写诗，但写诗仍不能满足自己的创作冲动，所以写了这一本小说。也是因为精力全放在这小说上了，所以最近反而不写诗了。”

他不是不写诗，事实上，他是写了一部史诗。

“你教写作，是不是教的文学创作呢？”

“我教的是科学写作。希望学校看到我这本小说后，会让我教文学创作。若能如此，就太好了。”

这时，我想起爱因斯坦之爱拉小提琴，甚于研究物理来。

“爱因斯坦既然拉得一手好琴，喜爱莫扎特，你怎么想到要让他在序曲里哼贝多芬的钢琴奏鸣曲的？”

莱特曼没料到我有此一问，看了看我，慢慢地、若有所思地回答说：

“我不知道。”

我们走出餐厅分别时，我脑海中浮现出爱因斯坦拉小提琴的那幅憨相。他要证明他是大音乐家，正如莱特曼一心想教文学的创作。

授受中文版权的事，因为中间有多家代理商参与，情形变成想不到的复杂，到了夏天还理不出一个头绪来。这时莱特曼要离开剑桥，才告诉我他在缅因州的小岛上有五英亩的荒地，每年暑假他在远离尘嚣的岛上写书。那儿没有电话，也没有地址；所以他给我留下了最近邮局的信箱号码，我想起美国近代的女诗人伊丽莎白·毕肖普写给朋友的信。在她巴西的住家，有五房二厅、果树、花园、瀑布、一俯瞰谷地、一远观七座巴洛克教堂的风景。什么都有了，就是没有电话。她也是靠到邮局寄信、取信与朋友联络的。我想象莱特曼那个没有电话，只有波涛的缅因州的海，一定是他那个时间静止不动的梦之背景；在那个梦里，父亲是不舍得女儿离开那个可以眺望海景的卧室的。那是一摇漾在海的魅力中被蛊惑了的梦。

九月开学以后，我因为中译本的一些细节，又到麻省理工学院去看莱特曼教授。一个暑假，在海水的气味与海浪的声音中，他又完成了一部新的作品。

“这一次是纯粹的小说，与科学全然无关。”

在灵感如此丰盈，风格又如此变化的创作者面前，我心情顿感肃然。

童元方

一九九四年清明于哈佛